JN057959

88歳マサおばあちゃんのたくさんの小さな幸せ

大川 正子
OKAWA Masako

文芸社

母ふみへ捧げる

目次

第六章　幸せな88歳のおばあちゃん

第一章　少し昔のこと

わたしの一番感謝する人

　大方の人と同じように、わたしが最も感謝する人は、わたしに生を与えてくれた母である。

　家を継ぐ男の子を嘱望されていたが、四人目にまた女の子のわたしを産んだ母は祖父母たちを失望させた。三番目の姉とわたしには、父の病気のためもあって七年の間がある。幸い、母は翌年立派な男の子を産んで皆を安堵させた。

　故郷の茨城県から上京し、三田の女学校に通っていた母は、Kボーイの父と恋に落ち、やがて若い二人は皆の猛反対を押し切って、豆腐屋の二階で同棲を始める。初め反対していた祖父母はやがて諦めて、二人の結婚を許した。田舎育ちで世間知らずの母は、裁判官で殊の外厳格な祖父とその美人妻である祖母の大家族の家に入ることになる。

門が三つある大きなモダンな家、お手伝いさんと書生が二人。体の弱い父は職を持たず、家計はすべてを祖父に負った。父の独身の妹、父の亡き兄の残した娘と息子も祖父の脛(すね)かじり。この大家族を母は黙々と切り盛りしていく。やがて父は子どもたちを残して他界。大金持ちに似合わず、金銭に細かい祖父は財布のひもをしっかり握っていた。母は三つ指ついて頭を下げ家計費や教育費をもらうのだった。

やがて、戦争が激しくなり、姉たちは軍需工場に駆り出され、祖父母は目に入れても痛くない弟を連れ、知人を頼って疎開。わたしは集団学童疎開で宮城県に行き、無邪気に楽しい生活を送っていた。気丈な母は一人頑張って大きな家を護っていた。そのうち、疎開先にも敵機が襲来するようになり、日本はやがて終戦を迎えた。

九歳のわたしが頭と衣服にシラミをいっぱいつけて東京の家に戻ると、皆はシラミ退治に大わらわだった。やがて、羽村の知人宅にわたしの弟を連れて疎開していた祖父母も帰ってきた。都会の食糧事情は厳しかった。

程なく進駐軍に家を接収されると聞いた祖父は、家と、隣接する畑にしていた土地を二束三文で売り払い、独立していた末の息子と同居した。母は子ども4人を連れて、家作を一軒もらい別居した。家や土地を売った祖父の金はすぐ封鎖され、返還されたときは価値が暴落していた。

愛犬マリと戯れる母

厳格な舅たちから独立した母は自由を得て嬉しかったが、家計は苦しかった。食べ盛りの小学生の子どもが二人いる。朝四時に起きて、立川の米軍基地に通い、落下傘の修理の仕事についた。そのうち、助産婦の免許を生かし、日赤産院に職を得たが、給料が安いので、浪越指圧の資格を取り、マッサージ屋もして小銭を稼いだ。茨城県の実家に通い、着物と交換に米を分けてもらい、取り締まりに捕まらないように、腹に巻いて帰り、子どもたちにさらさらのおかゆを食べさせるのだった。

　おかげでわたしは三年制の専門学校を卒業し就職、弟は大学に通った。わたしは女友達と旅行したり、丸井で服を買ったり、母の苦労を認識せず、遊びまわっていた。姉たちも恋したり失恋したり好き勝手をしたのち、結婚し離れていった。

　やがて母はガンを患い、日赤病院で手術を受けた。姉たちと弟は母の余命は三年と告知されたが、感情の起伏の激しいわたしには知らされなかった。学校を卒業し、就職したわたしは遊び惚けて、母に何も孝行らしいことをしなかった。悔しい。三年たち、ガンを再発させた母は、再び入院。わたしは姉たちと交代で病室に寝泊まりし、そこから出勤した。

　母は硬く大きく膨らんだお腹をなでながら、象の脚のように太くむくんだ両脚を投げ出し、ベッドに背をもたれさせ、物思いにふけっていた。痛い、苦しいとは一言も言わなかった。しばらくすると、故郷のきょうだいや友達を呼び、お別れをして心安らかになった。わたしはベッドに上がり、母を両腕に抱えて、ただ身体をさするしかなかった。そして、母はわたしの腕の中で安らかに息を引き取った。「もう楽になりましょう。今まで、本当にありがとう」わたしの心は穏やかだった。

　葬儀の席で、わたしは人目をはばからず、一人号泣した。母は五十三歳だった。片親の子どもは堅実な企業に入社が難しかった時代、両親を失った弟が翌年、一流商社に就職した。その姿を母に見てもらえなかったのが残念だった。

父のこと

　家は広かった。通常、道に面して背中合わせに二軒家が建てられるが、祖父は二軒分の土地にとてつもなく広い家を建てた。高さ二メートルの観音開きの門は、車で来客があるときだけ開いた。表と裏の通用門も同じ緑色の鉄の門。これらの門は戦時中、国に供出させられた。庭には広い丸い池と、桜などの木々。隅に二階建ての土蔵、氏神様の祠。表の庭にも鯉が泳いでいる矩形(くけい)の池。家にはトイレが二つ、バルコニー、テラス。弟がよく滑り降りていた緩やかな手すりの広い階段。

　娘が三人できたが、真ん中の子は幼いときに疫痢で亡くなった。身体が弱く定職を持たなかった父は、母の実家の近く、霞ケ浦の松林の中に別荘を建ててもらい、そこで療養生活を始めた。一番下の姉とわたしの間に七年の間があるのはそのためだ。そして小康状態が保たれるようになると東京に帰ってきた。しばらくしてわたしが生まれ、一年半後に、皆が、とくに祖父が待ち望んでいた男の子が生まれると、父はまた別荘に帰った。

　祖父はなかなかモダンで、食事は食堂で長いテーブルに年の順に腰かけて食べた。上座の祖父母は刺し身、わたしと弟はイワシ、サンマ、鮭。おかげさまで二人は骨太で丈夫に育った。祖父は厳格で、わたしと弟が朝身支度したとき、学校から帰ったときなど畳に指をついて挨拶をさせられた。こんなざわざわした家の中に父の姿はなかった。

　写真で見ると、父は中肉中背、なかなかのイケメンで髪が緩やかにウェーブしていて、眼鏡をかけていた。囲碁が得意で、少しの間、碁会所を開いていたと聞く。しかし、わたしはその優しい声も抱かれたぬくもりもまったく覚えていない。父はわたしが七歳のときに亡くなった。母が愛した人だから、きっと素敵な男だったに違いない。

学童疎開の思い出

六十年前、母の遺品の中に、わたしが学童疎開先から母に宛てた手紙と祖父母に宛てた二通の手紙を見つけた。母への手紙は昭和二十年四月八日付けで切手は切り取ってある。祖父母に宛てたものは日付がなく、十銭の切手が貼ってある。二通とも中の便箋は先生に頂いたものなのか、日本勧業銀行福山支店の雑用箋で、裏は大蔵省・日本勧業銀行の支那事変貯蓄債権の広告になっている。その広告の横書きの字は右から左へ「この債券は皆様に勤倹貯蓄を奨め、戦時財政の円滑なる運行を図る目的をもって売り出される国策債権であります」とあり、詳細は縦書きで「債権は明朗東亜の建設費」などと書いてある。

以下は原文のままの母に宛てた手紙と祖父母に宛てた手紙である。

「お母さま　お元気でいらつしゃいますか。わたしも元気です。今日は八日で大しやうほうたい日ですね。朝早く四時半に起て顔をあらってからじんじゃに行きました。そしてじんじゃをはいて式をしました。おかあさま西高井戸にお手紙を五、六通だしたのですけれど、ちっともおへんじがこないのでしんぱいをしておりますのよ。みんなにお手紙が来るのにこないと情けなくて、情けなくてたまらいのです。もうさくらの花が花いたことでせう。こちらもつぼみがふわふわになってります。草も芽をだしはじました。家のねこ今、すてねこになてなにをしているのかしら。お母様ではおからだお、おだいちに。まーよりサヤウナラ　お母様へ」

「おぢいさま　おばあさま　おはがきありがとうございました。そかいしたとのことききうれしく思ひます。としよりがあんなに毎日毎日のくうしうをうけてをっては病気になてしまいます。西多摩村ではおいもができてよいところですね。

今日は、天長節で若柳国民学校で武をしました。もうこちらでは、さくらがまんかいですよ。きのふ川の岸のさくらがさいているところで（しゃしん）をうつしました。おぢいさま　おばあさま　いつごろそかいをしたのですか。早くそかいしてよかったわね。私も、もうこちらの方がよくなてしまいました。いつも朝、ひるばん、おいしく、あたたかいごはんを頂けたり、みんなと仲よくあそべてとてもながめのよいところです。この大東亜戦そうがかつまではがんばりませう。ではくれぐれもおからだにきをつけてください。さよなら。おぢいさまおばあさまへ　まーより」

今の小学三年生と比べるとずいぶん幼稚で、誤字も多いのに驚く。母はこの手紙の封筒に「23日ハガキ出す」とメモ書きしている。

疎開先は宮城県栗原郡の迫川（はさまがわ）のほとりにあった木造旅館で、阿部さんというきれいで優しい寮母さんがいた。朝起きると、女子には髪の毛を梳き櫛ですく、シラミとりの時間があった。夜は、ふざけて敷布団をほうきで掃いて、シラミを掃き飛ばし、二人一緒に寝た。食事は白飯で時々バターが載っていた。おやつもちょっぴり出たが、満腹にはならず、女子の一人は、未熟な木の実を食べて、食中毒になり亡くなった。もちろん勉強もした。学童も皆もんぺをはいていた。グループで町の床屋さんに行き、皆同じおかっぱにした。お風呂は男子の次に、集団で入った。わたしの足の裏に魚の目ができたときは、先生がリヤカーに乗せて、町の医院に連れて行ってくれた。迫川の対岸が桜のトンネルのとき、集団記念撮影をした。

その迫川で泳いでいると、時々空襲警報が鳴り、稀に敵機が襲来し、やがて終戦を迎えた。こうして、わたしの悲喜こもごもの疎開生活は半年で終わった。東京に帰ると、皆はわたしのシラミ退治で忙しかった。

戦時中でも、わたしたち学童は恵まれていた。しかし、今、世界では、ウクライナのように戦争を逃れて、また、貧しさからより良い生活を求めて、国を離れ難民となっている人たちが大勢いる。そういう人たち、とくに子どもたちが、普通の生活に戻り、学校に行き、遊べる日が一日も早く来ることを切に願う。

わたしのOL生活

わたしの一歳年下の弟が私立の大学に入ったので、裕福でないわが家では、「手に職をつけたほうが良い」という母の勧めもあって、わたしは津田塾大が運営する三年制の専門学校に入り、英語の会話、文法、作文、速記、タイピング、英文簿記、貿易実務などを勉強した。学校を卒業すると小さな日本の会社の貿易実務に携わり、二、三年して、スペイン大使館に勤めていた友人の紹介で、従業員十人ばかりの、スペインの商社の日本支社に入った。事務所は有楽町の日活国際ビルにあり、周りの華やかな雰囲気が楽しかった。

そのうち、知人が日本ゼネラル エレクトリックに紹介してくださり、その系列会社、ゼネラル エレクトリック テクニカル サービスに入社した。当時、米国の事業本部が日本で事業展開したいと思うときはアメリカ人のマネージャーを日本に派遣し、事務所を持たせ、秘書を雇った。わたしのついたマネージャーは日本に防空システムの売り込みをしていた。

入社当時の事務機器は、当然のことながら古いもので、タイプライターはバカ力で打たないと印字されない。すぐ左肩をこわした。コピー器はローラーに紙を巻きつけ、くさい液の中をくぐらせるもの。外国との通信は一畳くらいの部屋に入ったテレックスで送信文をテープに穿孔（せんこう）し、回線がつながるとテープを流し、送信できた。

わたしのついていた上司は頑張ったが、競争相手に敗れて、本国に引き上げた。わたしは次に基礎研究所の代表として派遣されてきた理学博士の秘書になり二、三年勤めるうち、縁あって、米国の半導体部門に一年ほど行くことになった。当時日本企業の半導体技術は遅れていたので、米国の企業と技術提携して、技術者を派遣し、半導体技術の修得にあたらせていた。わたしは彼らのお世話係として勤務した。その後、米国に留まり、新しい会社に就職しかけたが、日本に戻るように指示され帰国し、程なく、日本GEの社長秘書になった。

やがて、技術革新は事務機器にもおよび、パソコン、携帯電話、新型コピー機など瞬く間に普及した。役員が秘書に英語で口述筆記させ、手紙でやり取りする時代は終

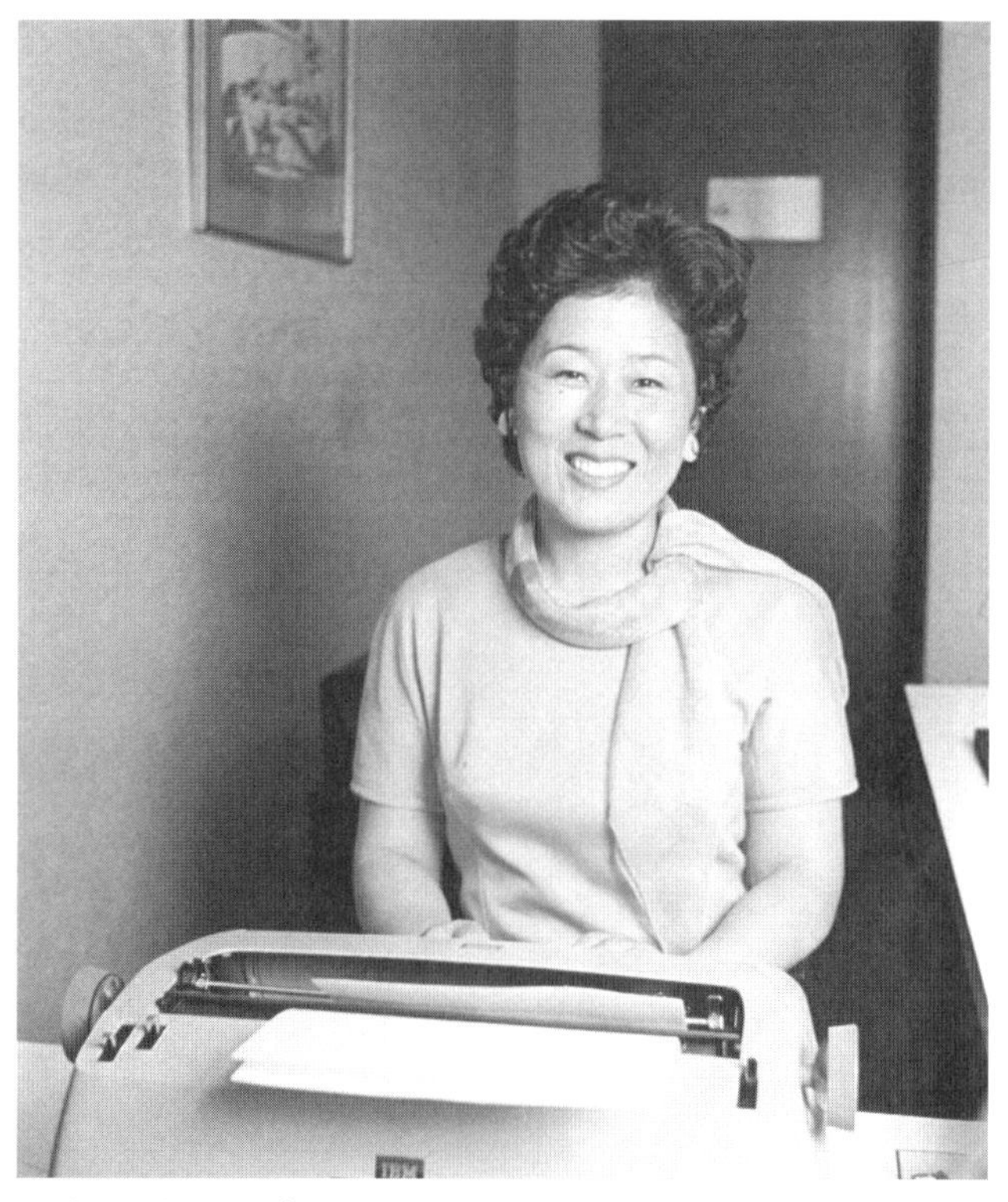

日本 GE 社長秘書のわたし。日本工業新聞社の 1974 年 12 月の「日本の外資系企業」特集号にアメリカ人２名、スイス人１名と共に紹介された。

わった。高給取りの役員秘書はお役御免。わたしも早期退職制度を利用し、たまっていた休暇を取り、夫とネパール旅行し、会社を辞めた。

皆がお別れパーティーを開いてくれ、屋上で育てる植木、「25years with GE,M.Ogawa Dec.15,1988」と箱の内側に印字された、和光のダイヤモンドつきの真珠のブローチや、「贈 GE 社員一同」と裏に彫られた金色の振り子の置き時計などを頂き、退職した。わたしの二十五年のGEでのOL生活は上司にも同僚にも恵まれて、じつに充実した楽しい日々だった。感謝の気持ちでいっぱいである。

Yとの出会い、結婚

Yの無二の親友MはYの大学の同級生、山仲間、麻雀仲間、飲み友達で、二人は何でも包み隠さず話し合うことができた。そのMの大学時代の親友Kはわたしの外資系の会社に勤める秘書仲間。お互いの仲間を交えて、海に遊びに行ったり山登りに行ったりするうち、Yはわたしの家から三十分ぐらいのところに住んでいることがわかった。やがて二人で飲みに行ったり、食事をしたり、互いに行き来するうち、結婚しようということになった。今思うと、これもMが仕組んだことだったのかな。

Yはヒマラヤで妻を病気で亡くして三年、おばあちゃんを雇って家事を見てもらっていたので、結婚には積極的。わたしは四十八歳で未婚。一度ぐらい結婚しても悪くはないかなと軽い気持ちで、結婚することにした。

当時の彼の家は終戦直後近所から材木を調達して建てたという木造二階家。一階では書店を営み、二階には彼の兄夫婦が同居していた。Mからこの家じゃ結婚はとても無理だと言われて、Yは一念発起、四階建てのビルを建てることにした。四階には兄たちが住み、三階はわれわれ。二階には子どもたち。そうです。彼には息子が三人いたのです。彼らは亡くなった母のことを想い、われわれの結婚には大賛成というわけではなかったようだが、それで損することもないと思ったのか成り行きを見守っていた。わたしのきょうだいは「いいんじゃないの、失敗しても困ることはないし」と楽観的。わたしの友達は「何も今さら、そんなややこしいところへ行かなくても」と消極的。わたしは何にでも前向き。今まで、何となく人生楽しくやってきたのだ。

彼は近所の小さな所で名ばかりの店を続け、古い家に仮住まいをして、実家を壊した。新しいビルを建てるとき、どのような間取りにしたいか、わたしの意見を取り入れてくれた。意外と優しいところがある。やがて、ビルが建つと、わたしたちは結婚した。披露宴はYの大学時代の親友Wが関係する超一流のTホテルで、三百人以上の人々が盛大に祝ってくださった。

夫Yの黄綬褒章受賞

二〇〇六年、夫Yの秋の黄綬褒章の受賞が決まり、新聞にも発表された。長年教科書供給に尽力したご褒美だ。わたしも宮中に呼ばれるそうだ。さー、いよいよ忙しくなる。

Yは大学生のころから、ロッククライミングや登山が趣味で、上級登山者の会、ハイキング愛好者の会、登山や山を愛する人が随想を書いて、まとめて出版する会などに関わってきた。その方たちが主催して、祝賀会を開く相談を始めた。翌年一月十四日、場所は結婚式の披露宴をしたTホテルに決まる。年賀状や電話帳を整理して、仕事関係、山岳関係、友人、親せきなどの招待者のリストをつくる。次に、五反田のTOCの褒章記念品専門店に行き、招待者に差し上げる名入りの小さな花瓶を注文する。

夫の黄綬褒章受章を記念して

赤坂PホテルでYのモーニングとわたしの留袖を借りる申し込みをする。

十一月十六日、赤坂Pホテルで、美容と着付けをし、正装のYと如水館に行き、文部大臣による授与式。幕の内弁当の昼食を済ませ、バスで受賞者と同伴者が皆で皇居に行き、豊明殿で二列に並び、天皇陛下に拝謁をたまわる。バスで東京駅に行き、解散。わたしたちはPホテルに戻り、記念撮影をし、貸衣装を返す。長い一日だった。

翌年一月十四日に受賞を祝う会をTホテルで行う。美容院に行き新調した黒のロングドレスでお客様を待つ。十二時半には大勢集まり、司会をお願いした高校クラスメイトのマリさんも赤いスーツで登場。同じクラスメイトの歯科医師でシャンソンを趣味とするYさんが、二曲披露してくれる。甥のTもギターを弾きながら、二曲歌って座を賑わせる。

祝賀会は大成功だった。企画、運営を仕切ってくれた方々や受賞を推薦してくださった同業者たちを食事にお招きしたり、主な来場者にお礼のはがきを出して一件落着した。四月十四日、受章者は新宿御苑で桜を見る会に招待されたが、TVで見かける方が四、五人、あとは知らない人ばかり。桜はきれいだった。

高校でともに野球を楽しんだ仲間六人が、お祝いに、二羽の鶴が舞っている大きな銀の丸い花瓶を贈ってくれたが、もう皆が鬼籍に入ってしまった。

愛犬タローの死

還暦を迎えるとき、わたしは運動不足解消のため、夫と相談して犬を飼うことにした。弟の勧めもあり、中型犬で、運動好き、社交性のあるウェルシュ・コーギーに決めた。カタログで茶黒白のトライカラーのコーギーを見て気に入り、注文、生まれるのを待った。

やがて元気な雄犬がわが家にやってきて、タローと名づけられた。やんちゃなタローは高いところから飛び降り、足を骨折。歯がかゆいのか、やたらと物をかじる。椅子の脚、フローリング、タンスの角、靴、お客様の手袋、帽子、マフラー。夫もわたしも、悪いことと知りつつ、あまりの可愛さにそのいたずらを黙認し、楽しんでさえいた。

タローは散歩が大好きだった。毎朝行き先を変え、一時間半ぐらい歩いた。食欲旺盛なタローには悪い癖があった。散歩の途中の拾い食いだ。脚が短くて、鼻が地面に

二歳のころのタローとわたし

近いせいか、注意をしていてもあっという間に拾い食いをする。夫は厚い皮の手袋をはめて、タローが危険なものを口に入れたときは、口に手を入れて取ろうとするが、そのたびに噛まれた。

そんなタローも八歳になると体のあちこちが悪くなる。血のりのようなウンチをしたり、肛門の下に二センチぐらいのしこりができ、肛門腺腫といわれ手術をした。同時に去勢と歯石とりもしてもらった。中耳炎の持病持ちのタローは、その治療が嫌いで、動物病院をあちこち変えた。最後に友達から紹介された、歩いて三十分の獣医師のところに月一回通って耳の掃除、爪切りや肛門腺を絞ってもらっていた。

　そんなある日、タローがビニールに包まれたチキンらしきものを飲み込んでしまった。医者に状況を説明し、吐かせてもらうよう頼み、家に帰ると、電話がジーン、ジーンとけたたましく鳴っている。医者はタローが危篤だという。えっ、ど、どうしたの。わたしたちは訳がわからず、急いでタクシーで病院に戻った。

　ついさっきまで、あんなに元気だったタローがぐったり横になっている。

「タロー、タロー」

　呼びかけにぴくっとしたようだが、反応しない。

「どうしたんですか？　いったい。とにかく最善の努力をしてください。酸素吸入でも何でも」

　助手が吐かせる薬を注射器で胃に入れるべきなのに肺に入れてしまったという。

「お前は拾い食いで死んでしまうよ」と冗談で言っていたのが、現実になってしまった。でも、なぜ？　信じられない。こんなことが起こるなんて。眠っているようだが、もう息をしない。タローは九歳だった。

タローがかじった家具の跡、使っていた首輪やリード、食器、ドッグフード、おやつ。何を見ても思い出す。わたしたち二人はペットロスがどんなものか身をもって知った。ペットロスなんて他人事のように思っていた。人は自分自身で体験しないとその痛みがわからないのだ。人の立場に立って、その人の痛みに想いを寄せることがいかに大事か痛感した。

平和のシンボル、鳩

「大変、大変、大変だ」

久しぶりに外で昼食を食べてきた夫が慌てて家に飛び込んできた。ピーポ、ピーポともウー、ウー、ウーともサイレンは鳴っていないし、何かしらと顔をあげてびっくり。アハハハ、アハハハハ、悪いけれど、笑いが止まらない。

何と、鳩のピーピーウンチが、店の前の交差点で信号待ちをしていた夫のつるつる頭を直撃し、肩から背中へと滑り落ちたのだ。アハハ！　だから鳩に気をつけなさいと言ったのに。前の公園を見てよ、フンだらけでどうしようもないわよ。

動物好きの彼は、自分でもおかしさを噛み殺しながら、シャワーを浴び、着替えて、店に降りていった。

やたらと児童公園の鳩にパンくずやら、お米を撒いて、平和のシンボルを可愛がっていると思われる方、被害者もいるのですよ。

第二章　わたしの遊び

わが家の麻雀会

十数年ぐらい前からか、わたしと同年配の女友達四人が月に一度麻雀をしにわが家にやってくる。麻雀を楽しむ、というよりお互いに元気なことを確認し、お菓子をつまみながらとりとめもないことをおしゃべりして、楽しんでいる。午後一時に、昼食、おやつ、飲み物など持参で集まる。そのうちの一人が夕食用に近所のおにぎり専門店でおにぎりや肉団子を買ってきて、割り勘にする。

女子の麻雀はとにかく遅い。手より口のほうがよく動く。なかなか捨て牌がきまらない。やっと捨てたと思ったら、「あら、間違えた」である。東場が終わると、二時間。二抜けで交代し、南場で二時間。おにぎりや持ち寄ったものと、時々わたしがつくるサラダなどをテーブルに並べ、夕食にする。食後、東南ができれば上出来。残ったおやつを皆で分け、次回はいつにするか決めて別れる。

もうひとつ、夫の主催する麻雀会は、夫の友人が「今度の日曜やろうか」と電話してくると、ほかに友人二人に声をかけ、会は成立。各自のり巻き、稲荷ずし、おつまみなどを持って十一時に集まる。わが家はビールなど飲み物を提供する。もちろんわたしも参加する。皆大学で麻雀を専攻したのではないかと思われるほどの強者。年長の方がマイペースで、少し長考すると、うっし、うっしと急き立てる。その方が家が遠いからと夕方六時に帰ると、残る四人が東南戦をやって解散する。

わが家で三十数年前、ねぎを背負ったわたしも交えて、その男性中心の麻雀会が始まったときは、和室で座椅子に座っていた。そのうち長時間座っているのがつらくなってきたことと、手積みはあまりフェアーではないというので、中古の木製で重たい、電動の雀卓を二十六万円で買い、北側の洋間に据えた。代金の半分は当時場代として一人五百円ずつ集めプールしていたお金で賄い、残りは長年かけて回収した。

しかし、その台は紛れもなく中古品だった。牌がしばしば引っかかったり、機械の中に落ちてしまったりし、そのたび、ゲームを中断し、機械のふたを開け、菜箸の先にガムテープを巻き、落ちた牌を必死にくっつけて引き上げたり、ずいぶん時間とエネルギーを浪費した。浦和からくる麻雀屋の修理代や出張費もばかにならなくなったとき、十四万円で新しい麻雀台があるというので、即注文。新しい台はプラスチックの部分が多く、軽い。牌がやや大きめなのも年寄りには見やすくて良い。

麻雀は脳を刺激し、手を使い、おしゃべりをしたりで認知症予防に役立つという。しかし、その数少ない年寄りの楽しみも、最近の新型コロナ対策の三密回避のため、しばらくお休みである。この新型コロナの流行はいつまで続くのだろうか。人間がコロナなどに負けてはたまらない。もう少しの辛抱である。

薔薇の会の集い

七月十一日、井の頭線駒場東大前駅東口改札集合。いつまでたっても、一人が現れないので電話をする。

「今、出かけようと思っていたところで、ゆっくり話せないの」と言う。

「どこへ行くの？」

「免許証を取りに行くの」

「今日は薔薇の会のランチで、皆待っているのよ」

「あら。キャンセルの電話するの忘れたわ」

「当日キャンセルは全額取られるのよ。お知らせに書いてあるでしょ」

認知症の始まりだろうか。幹事が立て替えて、後日送金してもらうことにする。

昼コースの安いほうのメニューは三千五百円、飲み物グラスワイン一杯八百円、魚か肉のメインコース。魚は珍しいあんこうだというので、皆あんこうを注文、キャンセルした人の分は、肉（鶏）を頼み、皆でつつく。

欅の森の奥にある、こぢんまりしたレストランはいつも女性客で満席だ。料理は芸術的で味も良い。

「静かでのんびりしていて、また来たいわね」

「それはそうと、Tさんいつも遅刻したり、ドタキャンしたり、やめてもらったらいいかしら？」

「でも、薔薇の会も会員が十人になっちゃたからねー」

一番年長のAさんは九十歳、逗子から来てくださる。とてもおしゃれだ。若いころ、もらったお給料はほとんど洋服や靴に費やしたとか。背は曲がっているが、その当時の素敵なスーツを着て、杖を突いて、ランチに参加してくれた。夫に先立たれ、今はその豪奢な邸宅で優雅に暮らし、健康維持のためプールで泳ぐといっていたが、今はコロナ騒ぎで会合が開けず、様子がわからない。

日本が高度成長期のとき、外国、とくにアメリカの企業はどんどん日本に進出して、東京に事務所を構えた。英語を話す女性は秘書として優遇された。当時外資系の役員秘書はスチュワーデス（現ＣＡ）同様、憧れの的だった。

わたしたち、外資系企業に働く役員秘書は、一社から一名、二百人ほど集まって、一九七三年秘書の会を設立した。初代会長はかつて英文速記を教えていた、二十ぐらい年長の、ベテラン秘書Ｓさん、二代目は不肖わたしで、わたしたちは会のスムーズな運営を心掛けた。

役員秘書は本社からお偉いさんが来るとその宿泊先を予約したり、日本企業を接待したり、パーティーを開くとき、ホテルやレストランを予約したりで、秘書同士どこのサービスが良いかなどの情報を共有した。また、お互いの会社の福利厚生を話し合ったり、英文会計学の勉強をしたり、夕食を共にして親交を深め合った。

やがて、コンピューター、インターネットなどが普及し、事務所の中の働き方が簡略化され、高い給料を払う秘書は無用になった。わたしたちの秘書の会も二〇〇〇年二十七年の歴史に幕を閉じた。そのとき、有志が結成したのが薔薇の会で、年四回集まって、ランチやバスでの観光などを楽しんでいたが、この会もコロナ騒ぎのため会合が開けず、二〇二二年十一月に久しぶりに昼食をともにし、会の解散を決めた。

犬友達の会

わたしたち新制M中学二期生は時々恩師をお招きして同期会を開いていたが、あるとき十二、三人が集まり、ハイキングの会を結成した。六十歳代、七十歳代のとき、月一回のペースで、近くの山歩きを楽しんだ。しかし、仲間やリーダーが亡くなると、会は自然消滅した。そして、それに代わるかのように、犬友達の会が生まれた。

麻布界隈では犬を飼う人が多い。三十分も歩いたら有栖川宮記念公園があり、朝のラジオ体操が終わるころ、どこからともなく犬を連れた人たちが集まり、広場で犬を遊ばせたり、おしゃべりをしたり、楽しいひと時を過ごす。そのうち、グループができ、犬の誕生日を祝ったりしていた。

二〇〇八年ごろからか、グループは、犬のことを忘れて、飼い主がハイキングを楽しむようになった。高尾山、一泊しての尾瀬沼歩き、千葉保田の水仙、上高地、川越の七福神巡りなどあちこちを歩いた。お花見も夜の有栖川宮記念公園、早朝の目黒川、舘林のつつじ、明治神宮の菖蒲など訪ねたのち、夕食を楽しんだ。もちろん、新年会、忘年会、赤坂のうなぎ屋での暑気払い、わが家の屋上でのＢＢＱなど、楽しむには事欠かなかった。

何といっても、リーダーは東大出のＯさん、乗り物の時刻や所要時間なども調べて、まめに計画をたて、お知らせをつくってくれる。わたしたち年寄りはその計画に乗るだけである。リーダー自身も登山家で、百名山完全登頂に成功したときは、皆でお祝いの会を開いた。

時々、わたしたち近所の女性三、四人が港区の大平台の保養所に行き、美味しいお料理に舌つづみを打ち、ゆっくりお風呂に浸かり、日ごろの憂さを晴らしてくる。また、近所のレストランでお昼を楽しむこともある。

しかし、犬も飼い主も老齢化し、活動が緩くなっている。

昼下がりのライブ

数年前の九月のある日、久しぶりに高校クラスメイトのYさんの昼下がりのライブを聴きに、高円寺まで出かける。高円寺駅南口から徒歩十分のところにあるシャンソンとカラオケの店、Bｏｎ。三十人も入れば満杯。二時開演ぎりぎりに着く。最後の客である。入り口近くのカウンター席に腰をおろすと、偶然高校同期の女性三人がカウンターに並んでいる。麦茶を頂く。一ドリンク付きで入場料一人三千円。

プログラムの構成は一部Yさん七曲、二部Tさん四曲、ピアノ演奏一曲、三部Yさん六曲。

一部の『わたしのパリ』でシャンソンのムードになる。次に『魚と小鳥』と『葬式に行く二匹のかたつむり』。『おしゃべりな小鳥』はテンポの速い曲で、Yさんの得意とするところ。『約束』は父と息子の約束。幼い息子が母の死に遭い、父との約束で泣かないといったが、悲しくて泣く。しかし、大きくなって、父が戦争で死んだときは、父との約束どおり泣かない。死を受け入れなければならない気持ちが心に響く。

二部のTさんは船橋から一時間かけて来られたという中年男性。朗々とした声は狭い部屋を震わせる。外国の映画音楽『バリハイ』と『ひまわり』に続いて日本人の作詞作曲した歌を二曲。『群青』は戦争に散った若者たちの鎮魂歌で、胸に迫るものがある。

ピアノ伴奏のSさん、黒いロングドレスに、カールした長い髪を頭上で結んで、堂々とした演奏であった。二部と三部の間に演奏した『戦場のピアニスト』も素晴らしかった。

本業は歯科医師のYさん。わたしの知る限り、十数年前から二年に一回ぐらいのペースでライブを開いている。そのうち八回にお邪魔した。体力を使うお仕事の上に、ライブの前の練習など、どうこなしているのだろう。今日は白いドレスに光るイヤリング、ネックレス、腕輪。ますますおきれいなYさん、どこからこんなエネルギーが湧き出るんだろう。

おかげさまで、浮世の憂さを忘れて、ロマンチックな二時間を過ごすことができました。またお声をかけてください。

花たちの恩返し

「花たちは今日も元気かな」と思いながら、四階建てのビルの屋上へ、鉄の階段を「よっこらしょ」と上がっていく。三十坪ほどのわたしの庭園。ここだけは誰にも邪魔されずに、わたしの思いどおりになる空間だ。

屋上なので植物は皆植木鉢で育てられている。大小混ぜて百鉢ぐらいあるだろうか。フェンスの周りには四十年ほど前からヒバの鉢が十鉢ほどある。弟や知り合いの方からビルの新築祝いに頂いたものだ。それらはあまり大きくなると困るので、植木屋さんの忠告もあり、肥料はやらずに水だけで生かしている。

一番気になるのは、十数鉢のバラだ。クリーム色、白、ピンク、赤。何といってもわたしは薄紫のバラが好きだ。皆名前がついているがわたしには覚えられない。咲き終わった花や、枯れた葉や枝を切り落とし、雑草を抜き、硬いつぼみに殺虫剤をスプレイし、三分咲きぐらいの花を一枝、二枝頂いて、部屋に飾る。やはり、花の女王はバラだ。

これが最後の大仕事だと思いながら、数年前、一日平均三時間、ひと月かけて鉢の土を入れ替えた。大木の鉢はコロリと転がして、植木を引っ張り出す。抜けないのは、プラスチックの鉢を壊して、植木を取り出す。張った根はハサミですっきりさせ、土は一日日光消毒し、改良剤を混ぜてまた使う。時々、白い芋虫のような小さな虫が眠りを邪魔されて、土の中から転げだし、のろのろと逃げようとする。また、別の鉢に入られたら大変だ。「ごめんね」と言いながら、目をつむって、長靴の底で踏みつぶす。嫌な瞬間だ。

木陰で車のついた園芸用スツールに腰かけ、持参した麦茶や菓子パンを食べながら、この庭園もそろそろ終活の段階に入るから、できるだけ鉢の数を減らしたり、土を処分したり、倉庫の中を整理しなければと思う。

心配事があるとき、気持ちが沈んだとき、わたしはこの楽園に逃げ込む。今はあじさいがひときわ目立つ。花たちを愛でながら、心の中で彼らと会話を交わしていると、嫌なことをすっかり忘れてしまう。植物たちは優しくすればするほど、それに応えて青々と茂り、可愛い花を咲かせてくれる。そして、わたしはまた優しくなれる。

二人は旅行が大好き

わたしたち夫婦は歩くのが、そして旅行が大好きだった。四、五日の旅行には夫婦でグリーン車に乗れるフルムーンパスを活用した。わたしが勤めを辞めてから犬を飼うまでの十年間にとくによく旅をした。

一九八六年一月、九州の青島、指宿、別府温泉。十月、旭岳、大沼公園。一九八七年一月、鳥取砂丘、姫路城。五月、十勝、知床峠、摩周湖。一九八八年、九十九島、熊本城、阿蘇山頂。一九八九年一月、四国琴平、屋島。十月、東北地方の鶴の湯温泉。一九九〇年一月、東北地方の稲垣温泉。八月、上高地、北穂頂上、奈良井の宿。十月、

礼文島、利尻島、宗谷岬。一九九一年一月、飛騨白川郷、栗津温泉。六月、納沙布岬、洞爺湖、大沼公園。十二月、八幡平、十二湖、鶏頭湯。一九九二年五月、阿蘇ボウイ号で宮地、阿蘇、法華院温泉。十月、湯殿山銀山温泉。一九九三年一月、鷹の湯温泉、後所掛。六月、九州あくね国民宿舎、妙見温泉。九月、恐山、八甲田、酸ヶ湯、蔦温泉、奥入瀬。一九九四年、札幌、小樽、網走、釧路。一九九五年、熊本えびの高原、韓国岳、新湯温泉、秋芳洞などに行った。

これらの旅行には親友K夫妻、S夫妻がしばしば同行した。一九九六年に犬を飼うと、夫は犬を預けて二人一緒に旅行するのを嫌がったので、各々が友達と一緒に一、二泊の旅行に出かけた。

一日、二日のハイキングにもよく出かけた。とくに秩父の札所巡りを始めると、毎週のように秩父に通い、ご朱印帳にご朱印をもらい、四二か所の花札を集め、額に入れ飾った。

旅行のときのわたしたちの服装は、女友達との旅行は別として、いつでも二、三時間は歩けるように、脱ぎ着の楽な上着とスラックスに短靴。荷物は皆リュックサックに詰め、手はあけておいた。折りたたみの傘も持って行ったが雨合羽を愛用した。しゃれたホテルに泊まるときは、お洒落な服と軽い靴を持って行った。

文明の利器がないころ、夫は愛読書の時刻表をくって、一人で計画を立て、わたしはついて行くだけだった。今は息子たちの計画について行く。

生涯忘れられない旅

わたしたち夫婦の共通の趣味は旅行と登山だ。休みが取れると、フルムーンパスや青春18きっぷを使って北海道から沖縄まで出かけた。いつもリュックを背負い、登山靴を履いて、どこでも歩き、どこでも休み、どこでも泊まれる格好をしていた。なかでも一番のハイライトは、一九八八年の三週間かけてのネパールとタイのプーケットへの旅だ。

十月三十日に成田を出発、バンコックに着き、空港のホテルに一泊し、翌日カトマンズに飛ぶ。三日間カトマンズの観光。Ｙは数回ネパールに来たことがあるので、知り合いがいる。さっそくコスモトレックに行き、トレッキングの手配をする。シェルパで友人のドルジェがあちこち案内してくれる。カトマンズには寺や名所が多く、露

これからトレッキングの始まり。
案内役シェルパのドルジェとポーター

店の土産物屋は繁盛している。町の人々は皆穏やかで、まったく違和感がない。ドルジェがトレッキングの案内役で、唯一の頼りだ。

翌日、朝七時四十五分のポカラ行きのバスを待つがなかなか来ない。やっと来たバスはおんぼろで、ごろごろ道を走るときは、天上の鉄骨にぶつけないように、頭を両手で押さえていた。途中、トイレがないことは聞いていたので、巻きスカートを持参していたが、なーに、みんなでやれば怖くない。スカートは不要。外国の観光客と思しき女性五、六人と物陰で横並びで、

ロッジの前から見たアンナプルナ。
今夜はここに泊まる

放尿し、すっきりした。途中、茶屋でミルクティーを飲んで一休み。夕方五時にポカラ到着、タクシーでフィッシュテイルロッジの近くに行く。ドルジェは友人の家に泊まる。

湖の小島にあるこのロッジにはドラム缶のいかだでロープづたいに往復する。ホテルアンナプルナ直営のロッジは清潔で、庭園も美しく、後方には明日トレッキングに行くサランコットが見渡せる。

翌朝、ポカラのジープは乗客が集まったら走るが、誰も来ないので、目的地ナウダンダ、フェディまで三百ルピーで借り切る。石のごろごろした浅瀬を猛スピードで走る、鉄骨だけのようなジープ。頭をぶつけないように腰をかがめ、振り落とされないように鉄棒にしっかりつかまり、脚を踏ん張る。途中、子ども連れで歩いていた若い女性二人を乗せてあげる。目的地に着くとポーターが一人待っていて、荷物を担いでくれる。
四、五時間登っただろうか、今夜の宿はパクディンのサンライズロッジだ。四方八方の山々の眺めは素晴らしい。上等だという二階の角部屋に案内された。ベッドの下にはジャガイモがたくさん転がっている。夜中、天井裏で運動会をしていたネズミが一匹天井の穴から顔の上に落ちてきてびっくり。なーに、こんなことで驚いてはいけない。朝起きて顔を洗うため、ロッジの前の共同水場で順番を待つ。村の女性の一日の仕事は共同水汲み場で、家で使う水を汲み、頭にのせて帰ることから始まる。トイレは岩のかげ、人が見ていなければどこでも自由だ。アルプスを眺めながらのそれはじつに爽快だ。
翌十一月五日、パクディンのロッジを八時四十五分に出発して、ナウダンダに向かう。途中山から下りてきた方にもらった杖で頑張るぞ。

三時間近くでナウダンダに到着。茶屋で一休みするうち、ドルジェが今夜の宿を探してくる。丘の上の見晴らしの良い宿だが、自炊だ。ドルジェが夕食をつくるうち、わたしは昨夜の洗濯物を干す。こんなところで日本から来た二人の女子大生に会う。

頑張っているなー。

翌十一月六日、ナウダンダからサランコットへ向かう。だいぶ山から下りてきた。白と紺の制服を着て登校する子どもたちに会う。学校は十時始まりだという。まつわりついてくる。ナウダンダ、フェディから荷物を運んでいるポーターは一言も口をきかない。当時ネパールではまだ身分の差がはっきりしていた。ポーターは自分で持ってきているござで宿の台所の隅で寝る。食事も自分で持っているもので済ます。わたしたちがポーターのために食事を注文しても、給仕はけっして彼らには食事を出さない。疲れ切ったわたしにはアンナプルナの雄姿は目に入らない。やっとの思いで下りてきた麓の茶屋のビールの美味しかったこと、忘れられない。

十一月八日、ポカラから空路カトマンズへ帰り、一泊する。翌日ジープで南部の幅広い川まで行き、細長い渡し船で川を渡るとエレファント・キャンプに着く。キャンプに二泊し、象に乗ったり、サイのいる林に分け入ったり、鄙(ひな)びた村の生活を垣間見て、またジープでカトマンズに戻る。最後の観光と買い物を楽しんだのち、十四日バンコックに飛び一泊し、翌日プーケットに到着。私有の浜に建つホテル全体が宿泊客

「あぁ、疲れた」アンナプルナの雄姿はわたしの目に入らない

村の子どもたちと夫とポーター、サランコットの村にて

専用で、その静かな海に面する部屋に四泊し、旅の疲れをいやした。Yはボートに引かれたパラグライダーを楽しんだり、わたしは静かな浜で海を眺めたり、二人で島巡りの観光を楽しんで、二十日に東京に戻った。

初めてのことだらけの、のんびりしたこの旅は、わたしたち二人の生涯忘れられない思い出となった。

第三章　わたしの勉強

七十歳で大学生になる

二〇〇五年、七十歳になるのを機に、人生でやり残したことで、これからでもできることは何かと考えた。大学に行きたいと思った。高校を卒業して、「手に職をつけなさい」という母の勧めもあり、わたしは当時千駄ヶ谷駅前にあった、津田塾大の経営する津田スクールオヴビズネスに入学した。そこで学んだことはその後外資系の企業で三十年以上働いたときに役立った。しかし、今では、世間の多くの人が大学で学ぶ、いわゆる学問を学びたいと思った。

近くのK大学の通信教育部に入学することに決め、後期に間に合うよう学費十二万千円と願書を出し、合格の通知を受けた。授業は直接学校に行って、講義を聴き、試験を受け、単位をもらうスクーリングと、問題集の課題の解答を郵送し、その合格と学校での試験に合格して単位をもらう方法があり、スクーリングは何単位までと決められていた。

初めの四年間、夏のスクーリングを頑張り、二〇一二年までに二十九教科、五十三単位取った。成績はAが12、Bが11、Cが6だった。二〇一四年末までにテキストで十五教科、四十単位を取得、Aが6、Bが5、Cが4だった。しかし、二〇一五年は家庭の事情で一単位も取れず、その後、夫の病気などで二〇一九年の一年間休学したとき、卒業に十六単位不足だった。二〇一三年以降は、すべてテキストでの勉強で、歳のせいもあってかAがひとつも取れず、英文学のレポートでは三回出しても合格しなかったものもある。二〇一八年には類を文学から史学に変更した。しかし史学でもなかなかレポートが合格しないものがあった。脳の働きがめっきり衰えたのであろうか。

楽あり苦ありの体育実技の授業

二〇〇六年初めてのスクーリングでは、年齢のこともあり早いほうが良いと思い、四単位必修科目の体育実技をとった。バスケットとかランニングとかいろいろの種目がある中、初年度わたしはゴルフを選んだ。

ゴルフの授業は、広いHキャンパスのはずれ、丘を下ったところにある、立派なゴルフの打ちっぱなしの練習場で行われた。参加者は十数名、もちろんわたしが最年長である。

わたしはパーシモンの高価なドライバーを持参した。先生が「立派ですね。骨董品クラスのドライバーですね」「そうです、三十数年前、愛用していたものです」とわたしはニヤリとした。わたしは四十代のころ河川敷のゴルフ場の会員だったので、ほとんど毎土曜日そのゴルフ場に通っていた。しかし、飛ばし屋だったわたしのスコアーはまとまらなかった。

そんなわけで、むかし取った杵づか、今でもほとんど真っすぐネットに当たらせて気分爽快、真夏の暑さもなんのその。しかし、終わって、坂道を上り正門までの帰り道は長かった。一週間の授業の終わり、皆で教授と一緒に日吉で一杯飲んで、お礼を言って、解散した。楽しい授業はAで、二単位取得した。

残る二単位は二〇〇八年の夏のスクーリングでウォーキングをとった。一日目は日吉キャンパス一周、二日目は緑の散歩道、三日目土曜日は綱島方面に行った。総勢十五、六名いただろうか。わたしともう一人六十歳ぐらいの女性といつも二人仲良くびりを歩いていた。とにかく、真夏の炎天下で暑い。着ているものは汗でぐっしょり。それに加えて、尿もれのあるわたしは、下ばきがぐっしょり、不快なこと極まりない。

五日目は元住吉から等々力方面まで八キロのコース。途中にわか雨にあったが、どうせ汗でびっしょり、雨などどうでもよかった。木曜日はどこへ行ったか、覚えていないが、いつものどん尻を歩いていた。最後の日はグリーンラインに沿って五駅を歩き、帰りは電車で帰った。暑くてじつに苦しい半日だった。われながらよく頑張った。

これも日ごろハイキングを楽しんでいたからだと思う。

最後に、「私にとっての有酸素運動ウォーキング」という課題の作文を提出し、歩き方の基本を説明した「ウォーキング　エクササイズ」、「散歩という言葉の始まりと明治時代の散歩者」などウォーキングに関するパンフを頂いて、有意義な体育実技の授業だった。二単位をAで取得した。のちにK高校・K大学を出た息子に、体育は出席すれば皆Aがもらえるんだよと言われてがっくりした。

苦い思い出のある社会学講座

「生と感情の社会学」と謳って社会学の講座が開かれた。「生の多様性をめぐる議論があるとして、それを、いかに自分が生きるのかという問いに、どのように結びつけることができるだろうか」をテーマに、講師は教壇で講義することなく、生徒が生徒全員に向けて講義するのである。百十名の参加者は四つのグループに分かれ、各グループはさらに五チームに分かれた。

　二十チームはそれぞれ自分たちが発表したいテーマを決めた。テーマのいくつかを列挙する。「シングルマザー」、「母は韓国人」、「大腸がんを患って」、「いじめからの逆襲」、「DVの父、愛情の薄い母、家庭崩壊からの生還」、「お受験からの脱出」、「殴る女と殴れない男」などである。各自興味あるテーマのチームに参加する。わたしは「シングルマザー」を選んだ。そして、各チームは各自のテーマについて講座の最後の二日間に発表するのである。

　講師の生徒に対する宿題は、自分史のレポートを提出するのと、各チームの資料を二部提出すること。そして授業で感じたこと考えたことのレポートをデータで提出することであった。

　以下はわたしが講師に提出した感想の要旨である。

「とても、ユニークで忘れられない六日間でした。ありがとうございました。

　人間、どうしてあそこまで本音を吐きだせるのでしょうか。自分でも驚きでした。わたしも家族にさえ言ったことがないことを二つも公表してしまいました。胸のつかえがおりました。皆が本音を言えた、第一の理由は、先生がゲイであることを堂々と打ち明けられたことだと思います。

普段味わえないような生々しい話を実体験された方から聞くことができました。質問をして掘り下げて考えてみることができました。知らないことを知り、相手の立場を少し理解できるようになりました。

どうでもよいような些細なことも書きましたが、これが社会学の授業だからあえて申し上げます。

わたしたち、K2チームはシングルマザーをテーマに発表しました。お若い男性三人と女性二人のなかに、七十六歳のわたしが参加しました。〝まじかよ〟という感じでした。わたしの存在を疎ましく思う態度がありありでした。多くのことがアフターファイブに決められ、家庭を持つわたしはそれに参加できませんでした。やっと、三千字の寸劇のシナリオを各自書いてくることになり、わたしも一生懸命書いたシナリオを翌日リーダーに見せました。『ここは不要、ここも不要』と付箋をつけて返されました。翌日、一枚の原稿が渡され、あなたはイントロと生い立ちの部分を読んでと言われました。読む練習をする時間もなく、声の低いわたしはできるだけはっきり読みました。半分ぐらい読んだところで、一人の女性がわたしの読んでいる原稿を取り上げ、教室中に響き渡らんばかりに朗々と読み上げました。驚きを隠してわたしはそっと横に退きました。皆の前でのたった数秒の出来事でした。しかし、わたしは傷つきました。その女性はあとで謝られました。

休み時間にシングルマザーのKさんがノートに鉛筆書きの手紙を可愛く折りたたんでそっとわたしの手に渡してくださいました。そこにはわたしがチームに参加したことには意義があり、ありがたかったというお礼とわたしの原稿が使われなかったことへのお詫びがしたためてありました。わたしの気持ちはスーッと軽くなりました。Kさんは立派なお母さんだと思いました。こんな素敵な若者がいるこの社会、棄てたものではないと思いました。」

Kさんのお子さん、立派に成長されていることでしょう。

卒業論文の課題

　卒業論文の題目を「日蓮宗不受不施派の歴史と三十五世宣妙院日正の生涯と不受不施派に求めたもの」とした。日正に興味を持ったのは、犬の散歩の途中、家の近くに清楚な造りの寺があり、「若松寺日蓮宗不受不施派」と表札にあったからである。

　卒業論文を書くためには、まず若松寺を訪ねてみよう。訪問する約束をした日に、お礼の蝦せんべいを持って寺を訪ねた。作務衣を着た住職代務者のH師が気さくに応対してくださる。玄関に置いてあった「ようこそ。日蓮教義を守り抜く東京のお寺」と書かれた栞を一部頂いて、座敷へ通される。腰が悪いというわたしに座椅子を持ってきてくださる。

　H師の説明によると、二百年来、大弾圧を受けていた不受不施派の日正大聖人は若松寺のある地に日庭聖人の日証庵を再興し、そこを足場に再興運動を意欲的に展開し、明治九（一八七六）年公許を得た。派の再興のため、全国に教会所を設立、その第一号が、東京第一教会所で、その後、東京麻布教会と名を変え、昭和十八（一九四三）年若松寺と改称した。

　若松寺は東京空襲で全焼し、翌年再建された。千葉県には三寺院あるが、千葉県以外関東から関西以北の広い地域を統括する。現在檀家は二百四十。弾圧下で多くの不受不施派は受不施派に変更した。H師の話はわかりやすく、あっという間に一時間は過ぎて、お寺を辞した。

　その後すぐ、論文執筆に必要と思われる書籍を入手した。『日本仏教史』、『不受不施派の研究』、『不受不施派の源流と展開』、『不受不施派読史年表』、『忘れられた殉教者』、『江戸幕府の宗教統制』、『江戸農民の暮らしと人生』、『釈日生聖人伝』などその数二十数冊。論文の構想も八分どおりできた。

残念、四単位不足で卒業逃す

二〇一八年八月、通信教育部が夏季スクーリング中日吉に移転しているので、卒業論文指導調査票を提出しに日吉に行く。久しぶりなので懐かしい。係の方が二〇一八年度の文学部の教授のリストを見せてくれたので、歴史科の教授の専門分野が詳しくわかり、わたしの卒業論文のテーマにより適任と思われる教授を希望することができた。あとはその教授がわたしを受け入れてくれるかどうかである。

二〇一八年十月二十五日、卒業論文の予備指導を受ける指定の時間に、研究棟のX号室にS准教授を訪ねる。机の上には図書館から借りたという本が山積みされていた。事務の女性が「とても良い先生ですよ」と言われたとおり、感じが良い先生で一安心した。登録時から変更した新しいテーマを示すと、先生の研究分野だといわれ、また安心した。参考になるような文献を種々示されて、三田図書館の一部が白金台の歴史資料館に移ること、国会図書館の利用方法、テーマの骨格、若松寺を訪ねることなどをいろいろお教えいただいた。

二〇一九年五月十六日に第二回のご指導をいただいたが、その後、夫の病気などで二〇一九年十月から一年休学し、二〇二〇年十月に復学した。その時点で十六単位未修で、二〇二一年九月に卒業するためには、その年の七月の最終試験で残る六単位を取得する必要があった。そのために卒業論文の指導教授の「卒業論文執筆予定についての保証書」を提出せねばならない。先生の親切なご指導の下に「保証書」を書き、提出した。

しかし、最終的に、四単位不足で卒業できなかった。残念無念だが、自業自得。壁に長いこと、相田みつをの心の暦、「やれなかった、やらなかった、どっちかな」が下げてあった。三分の二は「やらなかった」で三分の一は「やれなかった」である。冥途の土産に欲しかった卒業証書はもらえなかった。

学校から「あなたは学則第19条21により、二〇二一年九月三十日をもって在学期間が満了となりますので通知いたします。以上」という無味乾燥で、無署名の通知をもらった。なぜかその通知は二〇二〇年十二月九日付であった。

第四章　わたしの介護と看取り

義兄Kのこと

夫の二歳年上で子どものいない、義兄Kたちは同じビルの四階に住んでいた。Kはしばしば倒れてそのたびに救急車でS病院に運ばれた。二〇一一年には港区の特別養護老人ホームに入っていた妻に先立たれ、わたしは義姉が着ていた衣類を始末し、着られそうなものはほかの義姉に送った。

Kは二〇一三年下血で入院、翌二〇一四年には酔ってバス停で転倒し、また救急車でS病院に搬送された。その年の終わりにも、またKが倒れたと救急隊員から連絡がありS病院に入院。二〇一五年には硬膜下血腫の手術をした。わたしはそのたびに保険証、お薬手帳、下着など必要なものを持って病院に行き、手続きをするのだった。この間に、Kの認知症は進んでいた。

病院から家に帰ってきても、わたしたちにはKの面倒が見られないので、たまたまわが家から徒歩十分の所に完成した有料老人ホームにKは入所し、銀行に勤めるわが家の三男を成人後見人に指定した。

毎年、衣替えの時期にはカートいっぱいの服を引いてホームに持っていき、不要になったものを持って帰る。痩せてしまったKのズボンをクリーニング屋に持っていき、八十八センチのウエストを八十二センチに一本三千円でつめてもらって持っていく。

今日はKをS病院に連れていく日だ。タクシー券と予約票をテーブルの上に出しておいたが、夫のYは行く気がない。「いつもTVばかり観ているんだったら自分の兄貴の面倒見たら」と言うと、「いつも本ばかり読んでいるんだから、おまえ行け」と言う。「わたしはやることはやって、自分の時間で本を読んでいるのよ。それがだめなら、自由になりたい」と捨て台詞。

　まさか、ほうっておけないから慌ててホームに行くと、Kは病院に行くのを嫌がって、タクシーを待たせているのにぐずぐずしている。「俺は金も何も持っていないよ」「病院はどこだい」今日はボケがひどい。

　検尿のためのおしっこが出ないので、水を買って、がぶがぶ飲ませて、三十分待つ。やっと最低必要量のおしっこが採れたので、十時半の予約の診察を受けるが、一時間近く待たされる。その間、Kは何度も席を立っては、番号は何番だとかぶつぶつ言っている。残尿もなしというので、ホームに定期的に来る医者に薬を処方してもらうよう、医者から紹介状を書いてもらう手続きをする。

　S病院で受けていた内科の診察もホームに来る医師に診てもらうよう手続きをした。ペースメーカーの定期検査もホームの医師に診てもらうことにした。これで緊急の場合を除いて、S病院に通わなくて済む。

　やがて、Kの認知症が進み、身体が衰弱し、夜間の介護が必要になると、夜は看護師が常駐していないホームを出て、徒歩五分のところにある、医療機関が経営するこぢんまりした有料老人ホームに移った。そのホームは完全看護で、スタッフは皆優しい。半年後、義兄はお花のきれいに飾ってある明るい部屋で、皆に囲まれ、老衰で安らかに九十二歳の生涯を閉じた。わたしたちは皆ほっと安堵した。

夫Yのこと

転倒がすべての始まり

今思うと、Yの衰えを決定的にしたのは二〇一八年七月三日の転倒だ。

夕食後、いつものように歯を磨いていたYは、洗面台の前で大きな音と共に倒れて柱に後頭部を強打した。驚いたわたしはそーっとYを引きずってベッドに寝かせた。スースー寝ていたが、翌日起きたYに転倒したのを覚えているか聞くと、全然覚えていない。後頭部の大きなコブを触って、ああそうだったのかと言う。翌日F病院に行き頭のCTを撮ってもらうが、異常なしだった。

友達から転んで脳を打ち、しばらくして脳の手術をしたお兄さんのことを聞いていたわたしは、八月二十日にまたF病院に行き、Yの脳のCTを撮ってもらう。CTには左右の脳に血栓があり、すぐ大きな病院に行くよういわれる。前回とその日撮ったCT、院長の紹介状と診断書をもらって、家に帰り、シャツとパンツを持って、急いでかかりつけのS病院の脳外科に行く。

とても感じの良いK医師がCTを診て、漢方薬と錠剤をひと月飲んで様子を見て、九月二十日にもう一度CTを撮りましょうと言う。果たして漢方で治るのだろうか少し心配だった。

Yはすっかり気落ちして、元気がない。いつものとおり、八時半に事務所に下りたが、すぐに戻ってくる。会社のことは全部次男に任せたと手を引いていたが、まったく何もしないとボケてしまうと無給で毎日一時間ぐらい帳簿を見ていた。この日、それも一切やめたと宣言する。

一月ほどたったある朝、犬との散歩のとき、Yの足取りが不安定で、家に着くころには、頭が前に傾き今にも倒れそうだった。その日の夕方、散歩のため、玄関に座って靴を履こうとしていたYは全然立ち上がれない。異常を感じたわたしはすぐ救急車を呼び、硬膜下血腫を患っていることを告げる。救急隊員はYを椅子に乗せ三階からそろりと下ろし、診てもらっているS病院に急ぐ。飲んでいた薬とお薬手帳を受け取ったK医師は、明日午前中に診察すると言う。

翌日行くと、K医師がYの状態を説明してくれる。脳の左右はほとんど同じ大きさだったが、右が少し大きくなっているので、左右の頭骸骨に穴をあけ血を吸引する必要があるという。十一時十分手術を始める。二時間後に、K医師がビーカーに入った血を見せて、「これで半分です」と言う。こんなに大量の血が脳を圧迫していたのかと驚く。

二時近くに、頭の左右に穴をあけられチューブをつけ、指先にはキャップがはめられたYが手術室から出てくる。キャップから脈と血圧が刻一刻ナースステーションに知らされている。排泄もおむつでYにとっては初めての経験で、屈辱的であろう。痛々しい。Yが病室に落ち着いたのを確認して、次男たちと家に戻る。心配していたジローは夕飯を食べない。

翌年三月、硬膜下血腫は完治したと言われるが、動脈硬化があるので半年先に検査をするよう言われる。

忍び寄る老い

「今日の予定は？　誰と会うの？」

夫Ｙが枕を抱きしめて、玄関のほうへ出ようとする。

「今日はどこにも行かないわよ。まだ十時半だから寝なくちゃ」と優しくさとす。身長一七五センチ、体重六十五キロのマウンテンクライマーだったＹが、めっきり痩せた身体を前こごみにして立っている。

Ｙの時間はわたしの時間より三時間ぐらい先に進む。朝は三時ごろ目覚め、エアコンを二八度、最大風量にして、テレビを見ている。五時には身支度をし、帽子をかぶり、バッグを肩から掛け、ジローとの散歩に出かけるのを待っている。六時のニュースと天気予報を見てから一時間ほどの散歩に出る。

「ほら、マスク。年寄りは一番先にやられるんだから、嫌でもしなきゃ」

日中コロナのことをテレビで見ているのに、その恐ろしさは他人事と思っている。帰ると「手を洗って、うがいをして」といわれても、いい加減だ。今はコロナ騒ぎで麻雀友達も来ないから、Yにとっての唯一の社会との接点はジローとの散歩で、途中犬友達と会ったり、知らない子どもにジローを紹介して楽しんでいる。

午後の散歩は三時に出て、二十分ぐらいで終える。帰るとYは四時になるのを待って、アルコールゼロのビールを一本。そのあと、ウイスキー、焼酎または梅酒の水割りなどを楽しむ。身体に悪いとはわかっていても、アルコールとアイスクリームが大好物、完全に取り上げたら、楽しみが何もなくなる。五時には夕食。少しずつ残すことが多くなった。食後しばらくテレビを見て、七時には寝る。九時になるとわたし一人でジローの短い散歩。Yは夜中にボケることが多い。

「ジロー、ジロー、どこに行った。もう一頭飼っていたっけ?」

「もう、一頭はいないわよ。ジローはどこにもいかないわよ」

二年前硬膜下血腫の手術を受けてからめっきり老いた。脚が弱り、散歩がゆっくりになり、ジローに引っ張られてよろめく。子どもや孫たち十一人揃って、米寿のお祝いをしてくれるのを楽しみにしていたのに、当日出かける直前に腹が痛いと言い出し、わたしはがっくり。皆は主のいないランチを楽しみ、帰りにプレゼントを持ってまたやってきた。

Yは最近また家の中で転び、腰を痛め、医者からコルセット、痛み止めの飲み薬、軟膏をもらってきた。「またランニングを脱いじゃったの？　これは薬を塗ったら下着が汚れてしまうから着ているのよ。だめよ、脱いじゃ」とわたし。Yは寝巻の上に下着を着て、その上にセーターを二枚着たりしている。裸で丸めた背中が、薄く、しわしわだ。「この人にはわたしが必要なんだわ」と思いながら、朝夕その背中に軟膏を塗る。

物忘れも始まる

Yが夕食時に何かをしゃべろうとするが、言葉にならない。失語症になったかなとつぶやく。

子どものころからかかりつけの近所のF病院から紹介を受け、初めてK病院に行く。検温器におでこをかざして体温を測定し、手を消毒し、新患受付へ行き手続きをすませる。三階の物忘れ外来の生理検査受付に行き、付き添いによる問診票の記入、血圧、脈拍、身長、体重、体温の計測をする。次はA先生による診察。それが終わると、脳波室で神経心理学的検査、次に心電図をとり、採血、胸部レントゲンで初日の検査は終了。

物忘れ外来二回目の診療は二十日ほど先で、四時間前から食事なし、コップ一杯の水はいいとのことで、頭部MRA検査を受ける。次に核医学検査室で脳血流の検査を受ける。特殊な検査と見えて、廊下には誰もいない。「予約票をケースの中に入れて、お待ちください」とあり、受付もしまっている。Yは通る人ごとに「検査はまだですか」と聞きまくる。四十五分かかるという検査が始まる。係の方の大声が戸の外まで聞こえる。「あと十五分我慢してください。また初めからやり直しになりますよ。あと五分、あと一分」と言われながらやっと終了。トイレに行きたくて我慢ならなかったという。あんなに待ち時間があったというのに。ドラムのなかで騒音がすごくて参ったとほうほうの態。結果が判明するのは約十日後である。

物忘れの診察でこんなにいろいろな診察をするとは予想していなかった。A先生は優しくてとても感じの良い先生で、「コロナはあと二、三年は続くだろうから、好きなことをし、あまり自粛しなくてもよいでしょう。麻雀も再開してもいいかも」というご意見でした。

十一月初めに、結果を聞きにK病院の物忘れ課（脳神経内科）に行くと、女の医師が結果はアルツハイマーが少し始まっているとのことで、わたしの恐れていたことが確認されてしまった。「歩くことは良いことです。腰の痛みも、動かないといっそう痛くなりますよ」と助言され、ほかの人としゃべるため、デイサービスを利用するよう勧められる。血圧が少し高いのを注意され、薬をもらって帰る。

二〇二一年夏、年一回S病院で受けている定期検診の結果、胃に悪性腫瘍があることがわかり、精密検査のあと、内視鏡手術を受ける。その後の胃カメラの検査で、リンパに転移があるが高齢（九十歳）のため、進行が遅いので手術は勧めないとのことだった。しかし、ピロリ菌があるので、それをなくす薬を一週間飲み続けるように言われる。

そうこうするうちに、Yの認知症は進み、脚も弱ってきたので、ケアマネージャーの勧めで、近所のF病院のデイサービスに通い始める。

コロナに罹る

三月末、朝起きると、Yがベッドの下にひざまずき、上がれないでいる。四階に住む息子夫婦の手を借りてベッドに寝かせる。熱が三九度ある。慌てて、近所のF病院のかかりつけの医師に往診を頼んだが、すぐ救急車を呼んで、個室の空いている病院に搬送するように言われる。コロナを疑ったらしい。前に一度見てもらい、診察券を持っていた近くのK病院が受け付けてくれる。PCR、胸のレントゲン、CTなど二時間の検査の結果、コロナとわかり、即入院する。その病院は第四土曜日は病院全体が休診とのことだが、急患だけは受け入れていて、二人の看護師さんと若い医師がてきぱきと処置してくれた。外の桜は満開で、風に花びらを散らしていた。

一番の濃厚接触者であるわたしは、赤坂のコロナPCR検査場に行き、検査を受ける。結果は陰性でほっとしたが、病院の看護師から電話があり、一週間ぐらいはあまり外部と接触しないように注意される。用心して、毎朝体温とオキシメーターで血液の酸素濃度を測る。九十歳のYはコロナと同時に誤嚥性肺炎を併発している。三日目に、病院の医師から電話があり、肺炎が治らず微熱が下がらない、抗菌剤と抗コロナ剤で治療しているが予断を許さないといわれる。息子たち三人にその旨を伝えるが、コロナで見舞いに行けないのがもどかしい。

四月に入ると、病院に電話をして、Yの状態を訊く。微熱が下がらず、水、薬、栄養を点滴で摂っているという。看護師と少し言葉を交わすという。月曜日に担当医師から病状の説明を受けることになり、長男Hと説明を聞きに行く。担当医師が部屋の看護師を四、五人同席させて、丁寧に病状を説明してくれる。Yはコロナの危機は脱したが、片肺だけしか機能していないので、内科病棟に移り、治療が必要だといわれる。看護師がタブレットにYを写して見せてくれる。ビニールのエプロンをつけて、五分ほどの面会が許される。Ｙはわたしたちを誰だか認識したようだ。髭もきれいに剃ってもらい、よく面倒を見てもらっている様子がうかがえて、一安心する。コロナでだけは死んでほしくないという願いがかなえられた。

やがて、内科のナースステーションの近くの病室に移ったが、痰の吸引がＹを苦しめているという。看護師とＹのケアマネージャーとわたしとで、Ｙの退院の準備のことで話し合う。今借りているベッドを手すりのあるものに交換したり、ヘルパー、看護師、リハビリの方たちの手配、現在介護一の認定を見直してもらう手続きなどをお願いした。Ｙの栄養摂取のため、肩に機器をつけることを病院にお願いしたが、その手術がすみ、容態が安定しないと退院はできない。

そうこうするうちに、Ｙの認知症が進んでいる。家族や友人、皆のことが認識できるうちに、長年住み慣れたわが家、家にいても「家に帰る、帰る」と言うほど居心地の良いわが家へ、一日も早く、一日でもよいから、帰っていらっしゃい。ジローも待っていますよ。

夫Yを家で看取ろう

誤嚥性肺炎に罹っている九十歳の夫は完治する見込みがない。わたしたち家族は家で看取ることにした。ケアマネージャーから六月九日に退院できるとの知らせがあり、介護用品を提供するAがベッドや車椅子を搬入し、組み立てる。身体につけている点滴の管やおしっこの管を取らないように、たやすく脱げないミトンを購入する。看護師を派遣する会社Bの方が場所や部屋の様子を確認に来る。受け入れ態勢は整った。

退院の日の正午少し前、次男とK病院の内科に行き、Yと病人搬送車で帰宅。一時にヘルパー派遣会社Jの会長さんとヘルパーさん二人が来て、家の様子などを確認し、すぐにヘルパーさんの一人が勤務に就く。

毎朝、午前十時にヘルパーが交代する。十時に看護師が来て、点滴の交換、おむつの取り換え、おしっこの計量、廃棄、血圧降下剤や認知症の薬の貼り薬の交換、痰の吸引など一時間作業して帰る。

家で看取るといっても、次男夫婦は上の階に住んでいるが、夫の同居人は八十六歳のわたしと犬のジローだけで、細かいことはわたしが看るほかない。本当に無理だとなったら、歩いて五分のところにある、こぢんまりした完全看護のホームに入所させよう。施設に仮予約に行くと、空いているからいつでも入所できるという。近所の有料老人ホームに長年入居していた義兄が、そのホームでは夜間の対応ができないので、看取れないといわれ、入居、温かい介護のもと、一昨年安らかに九十二歳で死去した施設だ。

看護師と医者の応援体制

看護師派遣会社Hと契約を結ぶ。土、日、祭日を除く毎日、朝十時に看護師一名を派遣してくれる。看護師は点滴の交換、血圧降下剤、認知症の進みを遅らせる貼り薬などの交換、お小水の量の計測、血中酸素、体温、血圧、脈などバイタルの測定、寝間着、おむつの交換、痰の吸引など一時間患者の介護をする。緊急のときは、土、日、祭日、また夜中でも来てくれる。看護師の来ない土、日、祭日は介護ヘルパーがそれらの仕事を代行する。

Ｙのかかりつけの近所のＦ病院とは週一回金曜日の往診サービスと夜間の緊急サービスの契約を結ぶ。金曜日の往診では、バイタルの測定、点滴のチェック、お小水の管や袋の交換、貼り薬の交換などをして、必要な点滴や薬などを薬局に注文してくれる。薬局はその日の夕方その薬などを届けてくれる。

介護ヘルパーさんの応援

Ｋ病院を退院するとき、退院を面倒見てくれる看護師さんから、Ｙには痰の吸引が欠かせないので、家族二、三人が吸引の方法を習得する必要があると言われた。しかし、わたしには自信がないので、二十四時間介護をしてくれる介護ヘルパーさんを毎日一人雇うことにする。

六月十三日には血中酸素の値が低くなり、酸素吸入のための酸素ボンベが搬入される。Ｙの病気、誤嚥性肺炎は口から入るものがすべて胃ではなく肺に入ってしまう。

水分、栄養、薬は胸に付けたCVで点滴で摂る。鼻やのどに痰がたまり、それを飲み込んだら、肺炎を起こし、命取りになる。ヘルパーさんの三時間おきと必要に応じて随時の痰の吸引が欠かせない。ヘルパーさんはそのほか血中酸素、体温、血圧、脈などバイタルを測定し、記録する。そのほか、病人の顔を拭いたり、髭を剃ったり、口内を清潔にしたり、身体の位置を変えたり、毎日寝巻やタオルを交換し、それらの洗濯をしたり仕事がたくさんある。

介護ヘルパーさんにもいろいろな方がいる。椅子に腰かけて、居眠りをしていたり、スマホを楽しんでいたり、自分の自慢話を披露したり、夜エロチックな雑誌を読んでいたり、仕事が終わると、待ち切れなかったとばかり、玄関の外へ出てタバコを吸ったり。概して、六十歳より上の年齢の、人生のベテランが多い。なかには、目の手術をしたので薄暗いところではよく見えないなどという方がいて驚く。三か月過ぎるころには、優秀な方が絞られて、Yの終末期に入るころには、患者の取り扱いに詳しいAさんと、よく気がついてまめに働くCさんに各々週三日と、四日働いてもらうことにエージェントを通じて依頼する。終末期の一日二十四時間勤務の料金は二万五千円から三万円に上がる。

ヘルパーさんは病人のベッドの横に布団を敷き、仮眠をし、患者の異変や、要求には素早く目を覚まし、対応しなければならない。緊急事態発生のときは、家人を起こし、看護師を派遣してもらい、必要な手当てをしなければならない。病気の老人や身体の不自由な人たちの生活は介護ヘルパーさんの地味な働きがなくては成り立たない。

夫の四か月の闘病生活

六月九日の退院以来、点滴の管をCVポートから抜いてしまったり、血中酸素が下がってボンベの酸素の量を最大五にしたり、一日十回以上の痰の吸引が苦しくて涙を流したり、Yは毎日この厄介な誤嚥性肺炎と闘っている。

七月の後半になると微熱を出すようになり、二十日には高熱を出し、のどに腫れものができたので、看護師とF病院に連絡。院長先生が往診、PCR検査は陰性、白血球が通常の倍で肺炎を起こしているので、点滴で抗生物質を施し、安静にするよう言われる。

Yは日中寝ていることが多くなり、会話はあまり弾まない。夜中にワーワー言いだす。

八月十六日、熱三七度、血中酸素八五で、リハビリ担当の看護師が、リハビリをすると言う。こんな状態でリハビリなどする必要があるのかと思っていたら、案の定、リハビリのあと、熱が三八度五分になり、酸素が上がらず、看護師が来て熱を下げる座薬を入れ、氷枕で頭を冷やす。翌日から抗生物質を点滴するよう、夜薬局が薬を届けてくれる。看護師はたびたびF病院に入院するよう勧めるが、コロナ禍で家族が充分見守れないからと断る。

子どもたちが休みに来て、Yを見舞ってくれる。Yは嬉しい。ジローはピリピリした雰囲気を感じて、おしっこをたびたび漏らすが、どうして怒れようか。ケルヒャーで吸い取って、我慢する。

九月二日、金曜日でF病院のS先生の定期検診の日だ。先生が診ているときは異常がなかったのに、午後になると、発熱、低酸素、寒気がする。看護師が来て、身体を冷やし、足を温め、解熱の座薬を入れ、これ以上できることはないと帰る。

九月八日、看護師派遣会社と終末期医療契約を結ぶ。料金が加算される。いつもYの部屋には花をきらさないが、今日は近所の花屋で両手いっぱいの花を買ってきて、寝室を花園のようにする。「奥さんですよ、マーちゃんですよ」と顔を近づけてささやくと、目が笑った。

九月九日、看護師が二人来て、身体を拭き、洗髪してくれる。F病院のS先生が往診して、痛みが出たらモルヒネを使い、来週から点滴の量を減らすという。水分が減ったら、出る痰の量も、おしっこの量も減るという。

九月十日、子どもたちは週末必ず来てくれるが、今日は長男一家が揃って見舞ってくれた。果たして皆のことがわかっただろうか。でも、大勢で声をかけてくれると、喜んでいる。夜中にわたしの血圧が一九九と七四になり、驚いて看護師事務所に電話すると、一時的に高くなることがあるのでぐっすり寝るようにいわれる。翌日、わたしの体調に関することは契約にないので、今後そのような電話は受けられないといわれる。あー、何もかも契約社会。

九月十三日、Ｙしゃべるが言葉にならない。酸素ボンベが突然止まってしまい、びっくり。ネットに埃がたまっていたのだ。新しいネットと交換再び作動する。Ｙは植物人間のようにくーくー寝ている。

九月十七日、甥たちが見舞いに来る。Ｙは元気に応対したが、言葉にはならない。

九月二十日、マッサージを受けたあと、四時ごろ発熱、血中酸素が下がり酸素ボンベを最高五にする。腿にチアノーゼが出る。解熱の座薬を入れ、看護師を呼ぶ。血圧六〇。痰の吸引をしたが、今夜が危険と言われ、子どもたちに連絡する。Ｙ持ち直す。

九月二十二日、Ｙの血中酸素が八〇から上がらず、酸素ボンベを最高にして一時間たっても改善しない。血圧が高く、脈が激しく、痰の吸引をしても駄目である。看護師もＦ病院のＳ先生も打つ手がないという。子どもたち家族が集まる。Ｙは心臓を激しく鼓動させ、懸命に酸素を身体に送っている。痰を吸引。十一時ごろになり、Ｙの酸素が八〇台になり回復の兆し。なんという生命力。Ｙの手足を揉んでいた子どもたちは、ソファーで仮眠し、朝一番の電車で帰宅。

翌秋分の日、Ｙの元気戻る。目を開けて眠っている。顔を近づけても見えているのかわからない。一日眠って頑張っている。ここ二、三日ねばねばした液体のようなウンチが頻繁に出ている。体内を浄化しているのだろうか。

九月二十八日、Yおしっこほとんど出ない。会話はまったくできない。でも、手を握ると握り返す。静かに眠っている。

九月三十日、看護師二名がYの頭や身体をきれいにしてくれる。往診に来たS先生が、Yがのどで息をするようになっているから今夜に亡くなってもおかしくないという。

十月二日、子どもたち夫婦、皆見舞いに来る。Yは目を開いて、静かに寝ている。静かな弱い息。手指を握っても、反応がない。

十月四日、永眠。F病院に連絡。先生が見えて、午前四時四十五分、老衰での死亡を確認。看護師派遣会社の責任者である看護師が朝六時に来て、Yの身体をきれいにしてくれる。介護ヘルパー会社にYの死亡を通知する。子どもたち皆が駆けつける。

Yとの別れ

十月五日、Yの訃報を耳にした近くの古いお寺より立派な白い花かごが届く。
翌日、近所のなかよし七人連名で大きな花かごが二つ届く。四時ごろ、遺体のドライアイスを交換に、葬儀社の方が来る。夕方、三男が妻と義母を連れて、ご焼香に来る。

十月七日、わたしは過労で血圧が上がり、かかりつけの医者から従来の降圧剤に加えて、新しい薬が処方される。午後三時ごろ、土砂降りの中、昨日花かごを送ってくれた友達七名とほかの一名の八名がご焼香に来てくれる。

十月八日、土曜日、昨日まで雨だったのが今日は晴れ。通夜は青山のやすらぎ会館で行われる。六時に会場に着くと、びっくり。左右に広がる祭壇は花であふれている。わたしたちの花もピンクや紫で華やか。左右は、親族、仕事関係、Yの山の関係の方々からの花かごでぎっしり。わたしはコロナのこともあり、Yの友達はほとんどが高齢者なので、ひっそり家族葬で済ますつもりだったが、次男がネットの山の会に死

郵便はがき

差出有効期間
2025年3月
31日まで
(切手不要)

1 6 0-8 7 9 1

141

東京都新宿区新宿1－10－1
(株)文芸社
愛読者カード係 行

ふりがな お名前		明治 大正 昭和 平成 年生 歳	
ふりがな ご住所	□□□-□□□□		性別 男・女
お電話 番 号	(書籍ご注文の際に必要です)	ご職業	
E-mail			
ご購読雑誌(複数可)		ご購読新聞 新聞	

最近読んでおもしろかった本や今後、とりあげてほしいテーマをお教えください。

ご自分の研究成果や経験、お考え等を出版してみたいというお気持ちはありますか。
ある　ない　内容・テーマ(　　　)

現在完成した作品をお持ちですか。
ある　ない　ジャンル・原稿量(　　　)

書　名					
お買上 書　店	都道 府県	市区 郡	書店名		書店
			ご購入日	年　　月　　日	

本書をどこでお知りになりましたか?
1.書店店頭　2.知人にすすめられて　3.インターネット(サイト名　　　　)
4.DMハガキ　5.広告、記事を見て(新聞、雑誌名　　　　)

上の質問に関連して、ご購入の決め手となったのは?
1.タイトル　2.著者　3.内容　4.カバーデザイン　5.帯
その他ご自由にお書きください。
(　　　　)

本書についてのご意見、ご感想をお聞かせください。
①内容について

②カバー、タイトル、帯について

弊社Webサイトからもご意見、ご感想をお寄せいただけます。

ご協力ありがとうございました。
※お寄せいただいたご意見、ご感想は新聞広告等で匿名にて使わせていただくことがあります。
※お客様の個人情報は、小社からの連絡のみに使用します。社外に提供することは一切ありません。

亡のお知らせを出したので、ニュースがたちまち拡散、にぎやかな通夜になった。これもYの人徳だろう。通夜のあとは、Yの甥たちとわが家に戻り、皆で故人を偲んだ。十月九日、日曜日、やすらぎ会館で告別式のあと、桐ケ谷の斎場へ行く。翌日、葬儀も無事終わり、ほっと一息。

祭壇に花かごを送ってくださった方々、通夜、告別式に出席してくださった方々、志をお送りくださった方々のリストは次男の妻が作成。香典返しを送り、納骨を済ませ、四十九日の法要を終えて、皆がほっとした。

仏間の祭壇に位牌を納め、壁いっぱいに孫たちの写真を飾り、タローとジローの骨壺も安置し、花をいっぱい飾り、好きだったビールも供えた。数年かけて一緒に廻って集めた秩父の慈悲の道、花浄土の散華の額も飾った。黄綬褒章受章の額も飾った。お祝いに高校の野球部の友達六人がくれた銀の花瓶、一番の親友からの祝いの振り子時計、山の会の写真、晩年夢中で集めた大小の仏像。それらに囲まれてYは仏間の住人になった。隣の部屋にはマーちゃんがいますよ。淋しくないでしょ。

Yの充実した人生

Yは大学を卒業すると、図書関係の会社に就職したが、潰れそうになった家業を再建するため、店を継いだ。店の借財を返しながら、大好きな山登りも続けた。高校時代は野球に熱中したが、大学に入ると、山、とくに岩登りに夢中になり、ついに仲間と一緒に上級者の山の会Dを結成し、日本中の岩場に挑戦し、ヒマラヤまで遠征した。そのヒマラヤでYは三年前、妻で、三人の子どもたちの母を病気で亡くしていた。

Yの一番の親友Mがわたしの親友Kと仲良しだったことから、グループで会うことになった。偶然わたしが近くに住んでいたこともあり、二人はすぐ仲良くなり、結婚した。わたしは初婚で、長年外資系の会社に勤めていた。突然、三人のでかい男の子の母親になったわたしは定年まで勤めあげた。冬、出勤前に山のような洗濯をし四階の屋上に干すとバリバリに凍る。タクシーで出勤し、帰りはまたタクシーで家の近くを通り越し、最寄りのスーパーで買い物。両手に重い買い物袋をさげ歩いて帰り、すぐ夕食の支度。二階の息子たちの部屋は誰も掃除をしないので、わたしはもちろんしません、彼らがほこりの上を歩くと獣道ができた。夫は子どものことに関しては我関せず。わたしの奮闘ぶりは想像にお任せする。

その後、Yも、並みの男性同様、体力に衰えを感じるようになると、岩登りは若い人に任せて、ハイキングの会を仲間とつくり、ハイキングを楽しんだ。山歩きよりも、そのあとの飲み会が楽しかったのだ。も少し、年を取ると、今度は仲間同士、山に関する随想を書いて、それらをまとめ、不定期に発行する会をつくった。

社会への仕事の貢献が認められ、黄綬褒章を頂いたのは人生のハイライトだった。仕事でお世話になった大勢の方がた、近所の方がた、山の仲間、麻雀仲間、犬友達、高校・大学の仲間、そして愛する家族に見守られて、九十一年近くの人生を全うしたYは本当に幸せ者だった。そんなYを最後までしっかり看取ったわたしはいささかの悔いもない。そして、Yのお陰でわたしの半生も充実していた。ありがとう。

夫の一周忌

早いものでもう夫の一周忌。仏事の施主になるのは初めてなので、準備を息子たちに任せた。当日、次男一家とタクシーに分乗し、位牌と写真を持って雑司ヶ谷霊園近くの寺に行く。後続のタクシーに乗ったはずの次男の妻と息子二人がなかなか着かない。途中で黒ネクタイを忘れたことに気づき、コンビニを二、三軒回って、やっと買えたとか。

今日の参加者は家族と亡夫の甥たち総勢十七人。亡夫は六人きょうだいの末っ子。長姉だけが百三歳で生存、有栖川公園近くの有料老人ホームに住んでいる。彼女の七十七歳の元ＩＢＭマンの息子は逗子に住んでいるが、毎週車で上京し、母を見舞っている。

長兄は七〇代にがんで亡くなったが、その息子は小学校教諭で、五人の息子、大勢の孫、ひ孫に恵まれている。

次の姉は九〇代で亡くなったが、一族慶応出が多い中、早稲田を出た息子と娘がいる。三番目の姉はやはり九〇代で亡くなったが、一人息子は宇宙関係の学問の大学教授。次兄は子供がなく九十二歳で亡くなっている。

元ＩＢＭマン、小学校教諭夫妻、大学教授夫妻、早稲田卒の甥、わが家から施主のわたし、長男夫妻と双子の娘二人、次男夫妻と息子二人、三男夫妻といつもの面々がそろう。

読経のあと、卒塔婆四本と花を持って墓参。寺に戻ると、青山の仕出し屋から取ったお膳が用意されている。酒の持ち込みよしなので、純米吟醸酒やワインを持参。遠慮のない会話でわたしもほろ酔い気分になったころ、教授は明日授業があるからと言って、早稲田氏はがんの手術後で酒は慎んでいると言って、小学校教諭は悪い風邪をひいているからと言って帰宅。

元ＩＢＭ氏と教授夫人とわれら一族がいつものパターンで我が家で二次会、わいわいがやがや楽しんで九時半に解散。人が集まり、飲んで談笑するのが大好きだった亡夫は、仏壇の奥でさぞ喜んでいたことだろう。

第五章　わたしもずいぶん年を取って

短くなる身体

「一四九・八」と言う看護師の声。わたしは耳を疑った。

「え、一四九・八？　そんなことあります？　一五八センチあったんですよ」

わたしは一生懸命腰を伸ばし、彼女はもう一度測った。

「一五〇・五です」

年一回のS病院での健康診断で、この十年ほど、毎年身長が五ミリくらいずつ減っていた。若いころはけっして背が低いほうではなかったのに、一四九センチと聞いたら、ちびという印象がある。

近ごろ、腰が伸びない。前かがみになる。腰がすぐ疲れるなどの悩みがあった。一四九センチと聞いては、黙っていられない。数年前、肩の痛みか何かでかかったことがある、近所の整形医院に飛び込む。

院長先生のレントゲン撮影。腰が痛くて、なかなか寝台で仰向けになれない。横向きと二枚撮影して、とくに骨に異常がないことがわかりホッとする。加齢のため、少し骨に隙間ができているとのこと、骨粗鬆症が原因だそうだ。

治療は腰の疲労のもとを取るための十分間の暖かい電気治療、次に十分間の腰の牽引。椅子に腰かけ、両腕を広げて固定し、腰と脚を温め、次にグッと腰を牽引する。じつに気持ちが良い。十分があっという間に過ぎる。もっとやってほしいのに。明日から毎日来よう。

顔や手の甲のシミ、目の下のたるみ、目じりの目やに、姿勢の悪さ。気持ちはいくら若くても、確実に老いている。時々、腰を曲げてよちよち歩いている同年配の人を見て、「ああ、わたしはあーなりたくない」と、腰を伸ばし、姿勢に気をつけて歩く。

良い姿勢を長く保つのは、一苦労だ。

おばさんと呼ばれていたのが、いつの間にかおばあさんと呼ばれて、平気になる。バスや電車の中で、すぐ席を譲られる。いくら頑張ってもだめか。それなら、年相応におしゃれをして、可愛いおばあさんになろう。

たかがパッド、されどパッド

世の中、人には言われないけれど、尿もれの悩みのある人は多いと思う。とくに肥った中年以上の女性だ。男性でも、新聞に尿もれ用のパンツの広告がしばしば載るから、尿もれの悩みを抱える人は案外いるのだろう。

肥っている人は、腹部の脂肪が膀胱を圧迫するので、尿がもれやすい。泌尿器科で診断を受けたが、痩せるか、尿道を調節する手術を受けるかで、高齢者には手術は勧めないとのことである。

二十年前には、パッドが縫いつけられた分厚い下ばきをつけていたが、長時間歩いたりすると、パッドが濡れて、どうにも不快になる。いつか奈良の町を歩いていて、我慢ができなくなり、レストランに駆け込んで、トイレを使い、欲しくもないコーヒーを飲む羽目になった。

しかし、最近は便利なパッドがある。ぴたっと下ばきにつき、消臭効果が施されており、もれの量によって、パッドの厚さに種類がある。散歩のときは比較的薄いもの、友達との食事とか外出のときは、厚いものを使う。そして、ひとつバッグにしのばせ、付け替えることができる。それでも、稀に失敗をすることがある。それだから用心のため、外出のときはもれても目立たない白か柄物のスラックスをはき、腰までかくれる上衣を着る。おかげで、外出がとても楽しくなった。

メタボ解消のため、ダイエットを始めて四か月、四キロ痩せた。効果の一つは、尿が我慢できるようになったことである。

愛しのジロー

わたしたちは愛犬タローの突然の死から立ち直ろうと、犬を飼っているときはできなかった、二人一緒の旅行や登山を思い切り楽しんで、三年後、またコーギーを飼うことにした。犬友達のKさんがネットで探してくれたトライカラーのコーギーを見にKペットショップに行った。

生後四か月の売れ残りのその犬は「もう離れたくない」とばかりに、夫のYに抱きついていた。左目が斜視だが、眼のふちが黒く顔立ちが良かった。一目ぼれしたYは飼うことに決め、すぐ家に連れて帰り、ジローと名づけた。

ジローが一歳になろうとするとき、寒い朝の散歩の帰り薄暗い中、高い石塀の角で大きなグレートデンに出くわし、首根っこをかまれ、振り回された。その犬ともう一頭の大型犬と二頭を散歩させていた小柄な女性は倒れてしまい、犬を制御できず、うろたえるばかり。偶然、女性の家が近くだったので、呼び鈴を押すと、男性が出てきて、驚いて犬たちを離してくれた。動物病院に飛び込んで、治療を施してもらったが、ジローの傷は化膿して、膿が皮下に回り、それを出すため何本も針を刺された。その針をぶら下げて歩くジローの姿は痛々しかった。

成犬になったジローは胃腸が弱く、便秘が続いていた。朝の散歩のときも、三十回ぐらいお尻を下げて力むのだが、なかなかウンチが出ない。腸が曲がりこんでいて、そこにウンチがたまり、排泄がうまくできないという。

まず、たるんだ腸を引っ張り上げて、短くし、次に肛門の近くの袋状の腸を切り取るという。麻酔が少し悪くしている腎臓を悪化させる可能性があるといわれたが、毎日便秘に苦しむジローを見ていられない。手術しよう。

ジローは十二年近く診てもらっている先生を信頼しておとなしくベッドに上がる。どんなケージに入るのか見せてもらい、淋しがらないように、ジローの匂いのついたタオル、大好きな怪獣のぬいぐるみ、いつも食べているペットフードとおやつを差し入れる。

夕方、様子を見に行くと、お腹とお尻の毛を大きく剃られて、噛まないように舌を

夫とジロー（2009年）

出させられて、ベッドに横になっている。あと十分ぐらいで麻酔から覚めるという。目が覚めて、うちに帰りたいといわないか心配だが、手術が無事終わったのを確認して、家に帰る。

　ある日、いつもは昼寝をしているジローが、今日はリビングをウロウロしている。ご飯も食べない。夜になると、冷たい玄関の石畳に寝ている。しばらく様子を見ていたが、どうもおかしいと思い、上の階に住む次男たちに救急病院を探してもらい、連れて行く。高熱があり、レントゲンを撮ると左の肺が真っ白だといい、酸素吸入をしたり応急処置をして朝まで預かるという。翌朝、引き取り、かかりつけの医院に飛び込む。いつもの院長先生はレントゲンを撮り直し、肺炎を起こしていることを認識し、酸素吸入や適切な処置をしてくれる。信頼する先生に診てもらったジローはすっかり安心している様子だ。

手のかかるジローだが、わたしたちの子どものようだ。ジローの存在がわたしたちをどれだけ癒していることか、計り知れない。

そんなジローが、夫が亡くなって、二か月後、突然死んでしまった。その日わたしは久しぶりに京橋のデパートに買い物に出かけ、三時間ほど留守にし、帰宅すると、ジローが部屋におしっことウンチを一つポロリとしている。部屋の中でウンチをしたのは初めてだ。ジローが部屋の中を歩き回っている。これが異変だと早く気がつけばよかった。夜九時ごろになって、熱があるのに気がついて、夜間診療の動物病院を探して連れて行ったが、手遅れだった。着いたときはもうぐったりして、レントゲン撮影で肺が真っ白だといわれ、間もなく息を引き取る。

体重十七キロで、後ろ脚が弱っていたジローは三階まで階段の上り下りができなくなり、朝晩の散歩のたびに、四階の住人に階段の上り下りを助けてもらっていた。そんな迷惑をこれ以上かけたくないと思ったのだろうか。不憫でたまらない。今ごろは、天国で大好きだった父ちゃんと初めて会ったタローと仲良く遊んでいるのかなー。

わたしのフリーマーケット

二日以上休みのとき、わが家の店のシャッターの前に、「どうぞ、ご自由に持ちください」と立て札をし、不要品を出すようになってから十数年たつだろうか。いつか、容器の底に「いつもありがとうございます」と書かれた紙片が入っていて、わたしはほっこり。まだフリーマーケット（不要品の放出）を続けている。

店を出すのは早朝、犬の散歩に行く前。時々、用意している間に品定めをして持っていく方もいる。今は恥ずかしいなどと思う方は少なくなったようだ。そういうわたしも数年前、外国人の住むマンションの前に、「ＦＲＥＥ」と出ていた男物の皮の洗面具入れらしきものを頂いてきて、以来筆記用具入れとして愛用している。

出店するものはほとんどが衣類だが、今回は何年振りかで高いところの棚を整理。

老人には高いところの戸棚は使い勝手が悪い。干からびた干し椎茸、切り干し大根、湿った砂糖などはもちろん廃棄。電気コンロ、ケーキ用泡立て器、オードブル用回転皿、少し恐ろしくて数回しか使わなかったドイツ製の圧力鍋。食器棚も奥まで見て、半端になった皿やコップ、正月用のプラスチックの重箱など探し出した。今回はわたしの店先が賑わう。

アマゾンで買った古本がわたしの狭い部屋を陣取っているので、アマゾンの古本屋に連絡すると、さっそく段ボールとガムテープを送ってきた。箱いっぱい詰めて、四十五冊。一度数ページを読んだだけの原書、新品同様の参考書など送り返すと、本代として二百六十円が口座に振り込まれた。手間暇かけてと思ったが本たちがまた誰かの役に立つのならそれでよい。参考書はわたしの店には向かないが、一般書や雑誌の特集号などは時々出す。

まだ何かないかと壁面や棚も見回した。若いとき上司の遺品として頂いた小さな風景画、お土産の東欧の民族人形、毎度点検する引き出しの中ももう一度見る。箱いっぱいの古いボタン、古い絵葉書、未使用の割りばしの束、出店したものが無くなると、じつに気持ちが良い。今まで残ったものはW社製のテニスのラケットと西洋骨董の卓上ランプぐらいだ。

衣類は不要なものを常日頃、夏物、冬物と分けてビニールの袋に入れておき、冬物は秋に、夏物は春に出す。わたしのひそかな楽しみのひとつは生協のカタログで日常着を買うことなので、着なくなった衣類がどんどんはけていくのは嬉しい。アクセサリーも毎回、引き出しやアクセサリー箱をかき回して少しずつ処分しているが、頂いたものは原則使わなくなってもしまっておく。若いころから、イヤリングが大好きだった。ターコイズブルーやピンクのガラスのぶらぶらするイヤリング。模造真珠や模造ダイヤのイヤリング。もうパーティーに出る機会もないので不要なのだが、場所を取らないので、思い出と共にしまっておくことにする。

断捨離、断捨離といって、何もそんなにむきになって、処分することはない。人生の思い出になるものは大事にしまっておこう。

段ボールと青年

毎朝、南東の窓の重いカーテンを開け、空を見上げる。今日も良い天気だなどと思いながら、見るともなく正面に目をやる。明治通りの向かい側の高速道路の下に小さな児童遊園がある。そして、時々あの青年のことを思い出す。

その青年は二年ほど前、ふらりとその遊園地（児童遊園）にやってきた。それまで、一日か二日でどこかへ行ってしまう浮浪者は何人かいたが、彼は違った。二枚の布団の間に丸まって、高速道路の柱の裏に居を構えた。遊園地の後ろには細い小川が流れていて、遊園地との境は高さ二メートルほどの金網で柵がしてある。すぐ隣には、毎日清掃員が来て清潔な、トイレがある。青年はか細い脚をぐるっと巻いた腰巻からのぞかせ、ちぢれた髪を肩まで垂らし、なよなよと歩き、一見女性のようだった。

しかし、彼は働き者だった。どこかの粗大ごみの中からか、小さな戸棚、可愛い白い鏡台、椅子などを集めてきて、心地良さそうな居場所を作った。それから、毎日朝から晩まで、どこかで見つけたつぶした段ボールを両脇に抱えてすたすたと帰ってきた。段ボールの山が遊園地の三分の一ほどを埋め尽くすのにそれほど時間はかからなかった。やがて、夜中になると、定期的に小型トラックで段ボールを引き取りに来るおじさんが現れた。二人は気さくに会話を交わし、金銭のやり取りのあと、静かに別れた。青年がATMで預金をしているのを見た人がいるという。そのうち、子犬が青年と一緒に住むようになった。彼も淋しいのだなと思った。さる外国人がその犬と餌を預けていったが、犬がいなくなり外国人が帰ってきて弁償させられたとか、噂に聞いた。

その冬はとくに寒さが厳しかった。カーテン越しに彼の様子を窺ったが、段ボールに囲まれて姿は見えない。凍え死んでしまう。行って、声をかけるべきだったのだろうか。なぜか躊躇してしまった。区の福祉課に電話をするると、毎週月曜に見に来ているという。次に、区の公園管理課に電話をした。彼らの対応は素早く、いつの間にか青年はいなくなり、遊園地はきれいになった。

今ごろ、あの青年は区の提供する狭い部屋に落ち着いて、何か仕事を見つけ、規則正しい生活を送っているのだろうか。目障りな段ボールが処分されたのはよかったが、わたしはあの青年の自由をもどこかへやってしまったのかもしれない。

還付金詐欺

「港区役所ですが、平成二十三年から五年間の健康保険の支払いに対する還付金がありますが、その手続きが四月末までだったんです」

「わたしは今までそんなものもらったことがないので、もしお知らせが来ていたら、破棄してしまったと思います」

「大丈夫、国から取引銀行の本店に送金され、手続きすればとれるようになります。金額は二万七千五百円です」

　電話を切って十分ほどすると、本店営業部の者（何銀行とも、名前も言わない）ですが還付金がおりるので手続きするようにとの電話が。

「みずほお客様サポートの03—××××—△△△△に電話してください。予約を取る必要があるので、何時に電話できますか」

「用事があるから、わかりません」

「では、一時五分ではどうですか」

「それでは、みずほの麻布支店のATMから電話すればいいですか」

「みずほのATMは一台以外調整中なので、三菱UFJのATMから電話してくださ い。そのとき、携帯と通帳とカードを持参してください。サポートセンターが扱い方を説明します。黄色の再発行証明書が出るから、それを銀行の窓口に持参して、二万七千五百円を受け取ってください」

「携帯の番号は何番ですか」

「携帯は持っていますが、あまり使わないので番号はわすれました」

「五分で充電できるから、充電してください」

充電していると、何時に電話しますか、一時十五分ではどうですかと訊く。はい、と言って携帯の古い番号を知らせ、電話を切る。

いつもは、冷静、沈着を自負するわたしとしたことが。少し頭を冷やし、よく考えると、おかしいことばかりだ。どこの銀行と言わなかった、本店営業部がこんな些細なことに関わるはずがない、みずほのＡＴＭが一台以外調整中はおかしい、ＵＦＪのＡＴＭに誘い込む、やたらとしつこく電話する時間を指定し、一刻も早く電話をするように仕向ける、なんでわたしの携帯の番号など必要なのか、なぜ支払いを受けるのに、通帳やカードが必要なのか。

わたしはすぐ港区役所に電話をし、防災課生活安定推進担当の方に事情を話すと、それは間違いなく詐欺ですと言う。麻布警察にも電話をし、一部始終報告した。

前にも、ある金曜日に息子を騙（かた）る男から、「携帯を落としたから、新しい番号教えるよ」と電話があった。「なんか声が変ね」と言うと「風邪ひいちゃって」と言う。次の土曜日にまた電話がかかってきたが、これは詐欺だとすぐ見破った。しかし、今回は真面目に会話を交わしてしまった。これが老いというものだろうか。

ドッグランが欲しい

二〇一四年、有栖川宮記念公園内で犬を放さないでとかうるさいとの苦情が、管理事務所や港区役所に届くようになった。それなら、ドッグランを作ってもらおう。当時、港区の麻布地区には約二千五百頭の犬が飼われており、これはおよそ二十三人に一頭の割で、港区では一番多い。しかし、ドッグランは芝浦と港南にひとつずつあるのみだった。

わたしは犬友達に署名をお願いし、動物病院にも署名簿を置いてくださるようにお願いした。区議のNさんが請願書の書式を下さり、次の区議会に提出するとよいとアドバイスをくれた。区議に三百七十名の署名簿と請願書のコピーを届け、事務局に請願書と署名簿を提出する。自民、共産、公明、民主、維新、社会民主、無所属の全三十四名のうち二十六名の議員の紹介を得て、建設委員会に付託された。

二〇一五年、事務局より連絡があり、六月二十四日建設委員会に出頭するように言われる。当日、委員会に出席し、請願の趣旨を述べ、質疑応答の結果、六月二十六日開催の港区議会で採択となった。十月四日、区議Nさんに追加六十名の署名簿を送る。二〇一八年六月、区議Nさんから区が有栖川宮記念公園に実験的に小さいものを作る予定との連絡があった。二〇一九年一月九日、区役所からドッグラン建設に関して、近況を報告したいとの電話があり、実証実験のことがはっきりしたので、その旨、有栖川宮記念公園に来る犬友達に知らせた。

二〇一八年九月十四日、ドッグラン実証実験に向けた懇親会がありすの杜のいきいきプラザで開かれた。懇親会には請願者代表二名、犬の飼い主で公園利用者二名、魅力ある有栖川宮記念公園をつくるプロジェクトメンバー三名、南麻布広尾町会代表一名、南麻布富士見町町会代表一名、三軒家会町会代表一名、港区麻布まちづくり課から課長以下四名、造園会社から二名が参加した。

有栖川記念公園にドッグランを作ることには反対の意見が多かった。

有栖川宮が土地を都に寄付したとき、子どもたちのために役立てるようにとの条件がついていた。ドッグランを作るなら子どもの遊び場を増やすべきだ。ドッグランなど作ったら、不敬罪（注：一九四七年の刑法改正で削除）に問われると声を荒らげて猛反対する男性、公園は広域避難区域に指定されているが今でも広さがぎりぎりなので、ドッグランにスペースをさく余裕がないという男性。近所で代替地を探すべきだ。例えば野球場前の子どもの遊び場をどこかに移してそこに作ればと、静かに提案される男性などである。

夜八時三十分に解散。前途多難な幕開けである。

以来、何の進展もない。区画整理で高層ビルが立ち並ぶ、とても裕福なこの区にちっぽけなドッグランひとつできないとは何と情けないことか。それでも、わたしははかない望みを抱いている。じっくり、待つわ。

第六章　幸せな88歳のおばあちゃん

兄弟姉妹のこと

わたしには姉二人と弟が一人いる。九十七歳の姉は脚が弱くなり、週三日デイサービスに通い、お風呂に入れてもらったりしている。姉は四十歳で子どもを産み、離婚したが、子どもの父は生活費、養育費を出し、土地付きの家をあてがい、息子が大学を卒業すると、自分の経営していた工務店を相続させ、よく面倒を見た。息子のTは生まれつき片目が悪かったが、じつに明るい好青年で、C大学の交響楽団で打楽器を受け持ち、マネージャーもしていた。そんな音楽が取り持つ縁で、Sと知り合い、彼女が大学の薬学部を卒業するのを待って結婚した。Tは四十歳になっていた。今では三人の子どもに恵まれ、母親とにぎやかに暮らしている。Tは人前で上がるということがなく、わたしたちのTホテルでの結婚披露宴のときもギターを弾きながら、『亭主関白』などを歌って、祝ってくれた。

二番目の姉は九十四歳。子どもはいない。教育評論家だった夫は、蓄財の才がなく、夫が亡くなりしばらくすると、マンションの部屋代が高いと、千葉の片田舎に引っ越した。わたしは雑草の生い茂った広い庭付きの、今にも壊れそうなプレハブの小さな家を姉のために買い、工務店を経営する甥のTに依頼し家の改造、トイレも汲み取りから水洗にし、庭もきれいに整備した。姉はその家に住み、向こう三軒両隣にお友達ができ、週一回デイサービスに通い、庭木の世話に余念がない。

わたしと一つ違いの弟は長年N商社に勤めていたが、定年退職後、関連の子会社の雇われ社長をし、週五日妻の作る弁当持参で通い、辞めたいがなかなか辞めさせてくれないとぼやいていたが、昨年八十六歳で辞めた。彼がイタリア支社長だったとき、わたしは家のことを義理の娘たちに任せて、三週間イタリアを訪問、義妹Hと一緒にローマ、ヴェニス、ナポリと楽しんだ。彼には息子が三人、孫が二人、妻と息子たちとゴルフや釣りを楽しんでいる。彼の家の庭には杉並の家から移植した、母が大事にしていた柿の木が今でもたくさん実をつけるそうだ。わたしたちきょうだいは皆、草花や植木の手入れが大好きだ。母ゆずりである。

息子たちのこと

わたしがYと結婚したとき、彼には三人の息子がいたが、それぞれ立派な社会人になっている。

長男HはK大を卒業して、H系のシステム管理会社に勤め、定年で今はその関連会社に営業マンとして勤務している。彼はテニスが取り持つ縁で、N女子大のテニス部にいたSと結婚した。Sはとても器用で、淡い色のガラスの器や皿などを作ってくれる。彼らには三人の娘がいる。長女はJ大学のとき、交換留学生として米国に一年留学し、英語が堪能である。卒業するとS商事に勤め、そこでT大出の素敵な男性Dと知り合い、結婚、今はアメリカに住んでいる。下の娘二人は双子で、顔かたちはそっくりで、ちょっと見たところでは、見分けがつかないが、やはり違う。AはO女子大を出て、OLをしていて、両親と一緒に住んでいる。もう一人の娘HはM大を出て、独立し、バリバリ働いている。二人とも若さと自由を謳歌している。

長男の趣味はマラソンで、あちこちのマラソン大会に出たり、走って高尾山に登ったり、郊外の家から麻布まで走って来たりする。わが家に来ると、わたしの文明の利器の保守点検担当で、パソコン、携帯、タブレットなど使い方がわからないときは、指導員でもある。わたしは器械の基礎知識がないので一度聞いても、すぐ忘れる。月に一、二度来て、わたしと機械の様子を伺ってくれる。昨年暮に一緒に渋谷の量販店に行き、パソコンを買い替えた。

次男YはT大学で理系の勉強をしていたが、オートバイが大好きで、レースに出たり、怪我をしたり、将来どうなることかと心配していた。しかし、大学を卒業するとシステムエンジニアとして就職した。やがて家業の書店を継ぎ、仕事も順調に伸ばし、従業員の面倒もよく見て、社長業もすっかり板についた。書店といっても、主な仕事は学校に教科書や副教材、指導書などを供給することで、新学年が始まる数か月は猫の手も借りたいほど忙しく、大勢の学生アルバイトを雇わねばならない。そのほか、書店組合、業界関係や関連事業との関係も良好で、町内会の祭りの世話まで面倒を見て、一週間七日では足りないような忙しさである。

次男と妻Nの間には、二人の息子がいる。長男は大学の理系を出て、プラントの保守点検を請け負う会社に勤務し、今は名古屋で勤務していて、長い休みのときは、真っ赤な自家用車で帰ってくる。次男はT大学の水産学部で、清水港の施設で魚の研究などをしている。店が超忙しいときは、日当つきで駆り出される。上の階に住む次男達は週に二、三回夕食に呼んでくれる。

三男Tは兄と同じK高校とK大学に通ったが、学生時代を通じて、机に向かって勉強している姿を見たことがない。大学ではヨット部でヨットの掃除とか、上級生の飯炊きとかをしていたようだ。でも、落第しないで卒業し、一流の銀行に就職したから、結果良しだ。そして、その間に、T大学のヨット部のSと親密になり、結婚した。彼は今名古屋勤務で、東京の自宅との間を行き来し、上京したときは時々手土産持参でわたしの様子を見に寄ってくれる。彼はじつに几帳面で、金銭的なこと、文書関係の処理などきちんと処理してくれてありがたい。二人は暇ができると愛車のスポーツカーでうまいものや温泉巡りを楽しんでいる。しかし、一番の趣味は相変わらずヨットで、各地を巡っている。

息子夫婦や孫たち皆が仲良く、優しい。

メタボでも健康

三十八歳のとき以来、年に一度個人的に健康診断を受けてきた。初めは勤務先に近い霞が関ビルのIクリニック、その後N病院、S病院に通った。しかし、今年から、夫がお世話になったK病院に通うことにした。夫がコロナで入院したときに、医師も看護師も大変親切にしてくれたことと、なんといっても近いのがいい。

今年初めて、一泊二日で、二日目に大腸の内視鏡検査を受けることにした。夫が初めてその検査を受けたとき、苦しくて、もうこりごりだと言っていたのを思い出した。八十歳を過ぎたら、危険だから、鎮痛剤は使わないという。怖い、怖いと思いながら、何度も下剤を飲み、観念して、処置室のベッドに横たわる。腰が痛いのよと文句を言いながら、やたらとあちこちの器械の管などに捕まろうとすると、若い看護師さんが大声でわたしをなだめていた。終わってみると、なんであんなに恐れていたかと思うほど、医師の処置は上手だった。

二週間後に結果が来た。身長は少しずつ減り、その分背骨が曲がり、昨年十月と今年四月に左腰と脚に激痛が出た。その都度、薬のお陰で一週間ほどで治った。問題はメタボだ。これは母からの遺伝だ。毎朝食べていた果物も減らし、お饅頭も我慢して、この四か月で四キロ減量した。もっと、もっと頑張らなくては。

そのほか、眼科やタンパク質の再検査などあるが、致命的なものでなくてほっとしている。

麻雀を再開

昨年五月、三年ぶりで、月一回の麻雀を再開した。今までは、一時に集合していたが、各自軽いランチ持参で、正午に集まり、早めに終わることにした。

いつも出席率の悪いEさん、今日も風邪でドタキャン。始める前に、手の除菌をして、マスクをしてのプレー。しばらくやらなかったら、雀卓の操作にもまごつく。誰か上がっても、点の数え方に自信がなかったりで、スローペースである。一人は最近物忘れが始まったとか、ほかの一人は緑内障で病院通いだとか。でももう一人は今でもゴルフを楽しんでいるとか。この日、わたしは久しぶりに大掃除をして、ばて気味。お陰様で、家の中はすっかりきれいになった。

お茶を飲み、おやつをつまみながら、東南二回で夕方になり、皆が持ち寄ったワイン、チーズ、手づくりケーキ、柏もちなどでしばしの団欒。翌月はいつするかを決めて、八時に解散。わたしは一回も勝てなかった。でも、久しぶりのおしゃべりで、気持ちが若返った。

犬友達の会も再開

愛犬ジローが死んでから、小型犬を飼おうと思ったが、自分の齢のことを考えると、いつ散歩ができなくなるか不安だし、それでなくても忙しい息子たちに迷惑をかけるようになることは避けたいと、犬を飼うことを断念した。

近所の犬友達（犬とその飼い主）は朝決まった時間に、決まった場所に集まり、一緒に散歩を楽しんでいるが、わたしは今では参加していない。しかし、犬友達の会は続いている。

昨年十一月、コロナ以来久しぶりに、東麻布の中華料理屋で昼食会を開いた。会長Oさんの家の新築祝いとSさんの快気祝いだ。

Oさんの家は三階建てだが、家ができる前にお義兄さまが亡くなり、空いている部屋を誰かに貸そうかと悩んでいるとのこと、贅沢な話だ。いずれ近いうちに、招待してくれることを皆で期待している。

Sさんは会一番の健脚で、愛犬を連れて、あちこち遠くまで散歩していたが、ある朝二階からの階段を滑り落ち、脚を怪我し近くの病院に入院した。しばらくしてリハビリのため転院するとそこでコロナに罹り、また元の病院に入院、治療してやっと退院できた。その間、息子さんが実家に引っ越し、犬の面倒を見ていた。Sさんは退院すると、寝室を一階に移し、息子さんに優しくされている。

今は犬も長生きし、人間同様、ガンに罹ることが多い。この会でも、二頭の犬がガンに罹り、大型犬のカイは苦しい内服薬の服用をやめて、毎日を楽しく暮らしていたが、一月ママの腕の中で安らかな永遠の眠りについた。

もう一頭の中型犬の琴子は皮膚ガンで、片足切除が必要だと言われたが、片足にするのは切ないと薬で治療していて今のところ元気だ。

十二月には食べ物はコストコで調達してわが家で忘年会でもと提案したが、皆忙しく実現しなかった。夏になると、屋上でBBQをすることもある。近所に気の置けない仲間がいるのは、心強い。

花や木をいつくしむ

若いころから、花や木の世話をするのが大好きだ。

朝目が覚めると、仏壇にお線香をあげ、今日も一日皆が健やかであるようにとお祈りをしたあと、リビングのカーテンを開け、ベランダの植物を観察する。道路側にアイビー、内側に今はハイビスカスが赤、黄、白の花をつける。花がらを摘み、水をやり、虫がついていないか見て、殺虫剤を噴霧したり、肥料をあげたりしたあと、カーテン越しにしばらく眺めている。

店の前には、区が区木のハナミズキを植える花壇が二か所ある。一か所には四、五年前の工事のあと、新しくハナミズキを植えてくれたがその根元の空き地がもったいないので、背の低いこでまりの木やあじさい、草花を植えた。もう一つのハナミズキはだいぶ前に枯れて、新しいハナミズキがなかなか植えられなかったので、わたしが勝手に雑木を植えた。その木が今では二メートルにもなる。夏には若葉が木陰をつくってて、涼しげだが、枯れ葉が落ちだす前に、丈一・五メートルぐらいのところで切ってもらう。ほかにもあじさいやこでまりを植えてあるが、すぐ近くに交差点があるので、少しは騒音防止に役立つのだろうか。

毎日、手入れしたり掃除をしているが、タバコの吸い殻、空き缶、汚れたマスクなどを捨てていく人がいる。皆忙しいのだな。

屋上の庭園は冬は水やりと掃除に行くぐらいで、息子たちの二匹の飼い猫のお気に入りの遊び場化している。

お互い様の助け合い

わが家の家業は本屋である。店構えは小さいが、主体は小学校、中学校、高等学校への教科書供給である。二月から始まって、三月、四月は、アルバイトの学生さんを十数人雇っても、まだ猫の手も借りたいほど忙しい。店は上の階に住む次男が後を継いでいるが、T大学の水産学部に通う息子も動員する。ここで、体力はないが、わたしの出番である。

息子の妻も手いっぱいで、とても満足な夕食が作れない。わたしは長年使っていた棚いっぱいの料理本やカードを引っ張り出して、夕食の献立を考える。買い物リストをつくり、近所のスーパーへ買い出しに行く。メニューが重ならないように、毎食絵を描いて、記録する。もちろん、材料費は後ほどまとめていただきます。

おかげさまで、身体を使い、少し頭も使い、役立っている感も味わえて、良かった。今年も頑張りますよ。

旅行は楽しい

犬を飼っていると、夫婦でゆっくり旅行ができなかった。お互い、友達を誘って二泊するぐらいだった。

二月に、三男が妻と義母と一緒に沖縄へ行こうと誘ってくれた。飛行機に乗るのは何年ぶりだろうか。羽田で冬服から軽い服に着替えて、ロビーに着くと、コロナも収まったということで、人があふれている。飛行機に搭乗し、ひと眠りすると、昼前に石垣島に到着。レンタカーで宮良湾に面した石垣Rホテルにチェックイン。風呂付きの寝室が二つ、リビング、冷蔵庫、鍋、食器などが揃った台所付きのファミリータイプ。ホテルの前は芝生、すぐ浜で海。石垣島は公共交通手段が少ないので、どこへ行くにもレンタカー頼り。町へ出て、沖縄そばのランチを食べ、特産品販売センターへ行き、沖縄特産の牛、ハンバーグなどを東京の長男宅、次男宅に送る。夕食は三男の妻、Sさんの簡単料理をホテルの部屋で食べる。

翌二十一日は、晴れたり曇ったりの天気。レンタカーで島巡りのあと、船で人口二百八十人足らずの竹富島へ行く。警察署も消防署もコンビニもない島。水牛のマーパー君が引く牛車にゆーらり、ゆーらり揺られて狭い島を巡る。ヨットに乗るのが趣味の若い二人が浜へ行っている間、年寄り二人はしゃれた二階家のコーヒー店に入り、海を眺めていた。そこのケーキはとても美味でした。夕食はホテルに帰り、沖縄特産の美味しいステーキを食べた。大きくて、半分食べるのがやっと。残りは三男Tの皿へ。当分ステーキは見たくないとか贅沢なことを言っていた。

二十二日午前中はレンタカーで島の反対側へ行き、川平湾ではグラスボートに乗り、海底の美しく珍しい魚を鑑賞し、海辺を散策、貝殻を拾ってホテルに戻った。折角だから、沖縄の料理が食べたいというわたしのわがままで、またレンタカーで町へ繰り出し、広い庭の古い屋敷の沖縄料理屋で、沖縄民謡を聴きながら、沖縄料理を満喫した。

ホテルに帰ると、自分の記念に、竹富島友禅染で染めたという額入りの竹富島の版画、カレンダーとはがきを買った。

二十三日夜七時半ごろ自宅に戻り、三泊四日の沖縄の旅はあっという間に終わってしまった。わたしたち年寄り二人は何から何まで、若い二人におんぶに抱っこ。とくにSさんは世界中旅慣れていて、じつに手際が良い。お陰で、楽しかった。誰からでもお呼びがかかったら、どこへでもご一緒しますよ。

天眼鏡を手に読書

わたしの一番の暇つぶしは読書である。パソコンも新聞も眼鏡なしで済むが、読書は天眼鏡を愛用している。

長い間、レフ・トルストイの『文読む月日』を卓上に置いて、暇があると読んでいた。北御門二郎の翻訳が読みやすい。それが終わると、北御門の訳で、トルストイの短編を読み返した。次は『戦争と平和』、『アンナ・カレーニナ』、『復活』を読んだ。若いころ一度読んだがあまり印象に残っていなかった。革命前のロシアでは広大な土地と大勢の使用人を持った貴族と庶民の差はひどいものだった。それにしてもナポレオンのモスクワ侵攻と敗北。その微細な描写、トルストイが数年かけて、莫大な資料を駆使して書いたものだといわれるが、このような長編小説はなかなか書けるものではないだろうと思う。

次に、ショーロホフの『静かなるドン』を読んだ。これは夫の書架にあった、昭和二十五年に三百五十円で発行されたもので、ロシア革命前後に赤軍と戦ったり、赤軍に入って、故郷の人々と闘ったりするドン地方の民族の話だが、いったい何が人と人を戦わせるのだろう。ウクライナを始め、世界のあちこちで戦いがやまないのは何故なんだろう。わたしの頭ではわからない。

最近、オストローフスキイの『鋼鉄はいかに鍛えられたか』を読んだ。これはロシア革命後五年ぐらいの間の、ウクライナ地方の一青年の自叙伝で、彼がいかに共産主義を信奉するようになり、共産党員になり、自国民と闘い、負傷し、失明し、ボロボロになっても、最後の最後まで、信ずる主義のため闘う話である。医者に見放された身体で、この自叙伝を書きあげると、結婚した若い妻が共産党内で力をつけていく姿を喜びながら、二十八歳の壮絶な生涯を閉じる。ウクライナの歴史の一端が知れたようで、面白かった。

月三回文章教室に通う

二〇二三年の七月に港区が後援する文章教室に月三回通い始めた。講師は元朝日新聞に勤め東京企画室長や編集委員などを歴任されたT氏で、現役時代に取材や企画で、欧米、中東、中国、アジア各国、北朝鮮など歴訪されたベテランのジャーナリストである。元山岳会会員で、海外の登山経験豊富な方で、とてもお歳には見えない。教室は十数年続いているようだ。生徒は六十歳代から八十歳代半ばの女性ばかり十数名。

先生が月一回無題、ほかの二回はテーマを出す。今までに出されたテーマは「荷物」、「指」、「絵」、「時計」、「袋」、「歌」、「旅行」、「記憶」、「羽」、「手間」で、生徒は前もって先生に与えられたテーマの八百字作文を提出し、先生が添削、講評をつける。

先生自身の作文と添削された全生徒の作文のコピーが次の授業で皆に配られる。各生徒が起立して自分の作文を読んで、改めて先生の講評を拝聴する。テーマがあるときは皆がそのテーマにどのように取り組むかとても興味がある。以下、「袋」と「歌」というテーマに対してそれぞれわたしが書いた作文である。

「母の堪忍袋」

わたしが生まれ終戦まで住んでいた家はとても広く、隣には五〇〇坪の畑があり、母は野良仕事が大好きで、野菜と卵は自給自足だった。

わたしには九つと七つ上の姉がいたが、昼は学校に行っていてほとんど家にいなかった。下には年子の弟がいたが、わたしは一月生まれ、弟は十月生まれでほぼ二歳下である。子どものころ、わたしは細い身体をしていたが、弟はがっちりしていて運動神経抜群だった。二人は仲が良かったが、その弟が口ではわたしにかなわなくなると、わたしに手を出した。わたしも負けてはいられない。

二人は取っ組み合いのけんかを始める。ドタンバタン、ギャーギャー、畳の上で転げまわる。周りには誰もいない。負けず嫌いのわたしは、弟なんぞに降参なんかしてたまるか。髪を振り乱しての取っ組み合いがしばらく続く。弟も女なんかに負けないぞと手を緩めない。

昼時になると、母が畑から帰ってくる。母は少しの間様子を見ていた。「いい加減にしなさい」、「もうやめなさいよ」と何度か注意されたが、真剣勝負をしているわたしたちには聞こえない。「いい加減にしなさい」というのが聞こえないの」と母が声を荒らげる。それでも私たちは転げまわっている。「ヤ・メ・ナ・サ・イ」怒り心頭に発した母は長いほうきを振り上げて入ってきた。普段静かな母が怒ると怖い。バタン、バタンとわたしたちをたたく。わたしと弟は「これはたまらん」とばかり、はだしで表に飛び出し、もじもじしていた。しばらくすると、母は「早く上がって、両手をついて謝りなさい」と顔を赤くして怒っている。わたしたちは泥のついたままの足で、廊下に上がるとひざまずき「ごめんなさい」と大声で謝った。

そのあと、二人の頭には小さなおキュウが据えられた。優しい母の大きな堪忍袋の緒が切れるとじつに恐ろしい。

先生の講評は「直すところはとくにありません」、「堪忍袋」の最後の一か所にだけテーマの「袋」を使っているのも心憎い、「母は少しの間様子を見ていた」の所がまたユーモラスということだった。

「高橋真梨子の歌に酔う」

歌は歌うより聴くほうが好きだ。タブレットで谷村新司の『昴』、布施明の『マイウェイ』、五輪真弓の『恋人よ』などを聴くが、とくに好きなのは高橋真梨子だ。

ソファーに腰を下ろし、テーブルに足を乗せ、行儀が悪いけれど、今はリラックスしたい。ベランダのハイビスカスの赤、白、黄色の花、首都高の向こうのマンションや青空を眺めながら、昔の恋を思い出す。

高橋真梨子と玉置浩二が作詞作曲した『あなたが生きたラブソング』の二人の、とくに玉置浩二のとろけるような甘い歌声はたまらない。「あなたの空を翔びたい　誰より高く翔びたい　抱きしめて」と真梨子が歌う。彼女の甘く切ない歌が心にしみる。

いくつか戯れの恋もしたけれど、その恋は真剣だった。「泣かせないで泣かせないで　せめてもの愛　蜃気楼でも信じるだけ……」「別れの朝　二人は冷めた紅茶飲みほし　さようならの口づけ……」と真梨子。二年越しの熱い日々のあと、彼は妻子を伴い帰国した。抜け殻になった自分を思い出す。「飲んで飲んでもつらいよ　泣いて泣いてもだめだよ」「追いかけた青春は夢のひととき」「泣くのはおよし」「人を愛するため人は生まれた　傷つき敗れてもやさしくなれるはず」と真梨子の歌が私を慰める。私は苦い遠い昔の思い出にリキュールを口にする。

その苦い恋のあと、私は堅実な会社に就職したこともあって、それから二十年余り恋を封印して、仕事一筋に頑張り、浮いた噂もたてなかった。遊びはいつもグループで楽しんだ。

しかし、晩年大人の恋をした。初めから承知していた別れは淡いものだった。その後、妻を亡くして三年という男性と知り合い結婚した。彼との四十年の生活は充実して幸せだった。「愛をさすらう旅路はきっとあなたが最後でしょう」と真梨子は歌う。

先生の講評は、「最終段階で、ご主人との四十年は、その後のことよ、と心憎い。文章上の直しはとくにありません。」とのことだった。

健康教室へ通う

犬が死んで、散歩に出ることが少なくなり、運動不足におちいってきた。どうにかしなければと思っていると、区の広報誌で健康教室をやっていることを知った。さっそく応募すると、恐れ多くも区長の名前で参加できるとの知らせが届いた。

十月から、月三回火曜日の朝九時半から一時間、南麻布のいきいきプラザで開催される。上履き、タオル、飲料水持参とのこと。目黒駅のユニクロに行き、小学生が上履きにするような白い運動靴を買って、会場に行ったら、体操をするところは畳の部屋で、上履き不要のこと。会場まではゆっくり歩いても二十分、着くと血圧を測って、書類に記入。

クラスには六十から七十代とみられる女性が十人ほど、七十から八十ぐらいの男性が二、三名。女性講師とアシスタントが二人。スチール製の椅子を使って、それに腰かけたり、立って手を添えたりしながら、身体を動かす。

運動嫌いで、そのうえ運動不足のわたしはなかなかすんなりと身体が動かない。するとアシスタントが飛んできて体形を直してくれる。四、五回通うと、今度はマットを使っての運動が始まるという。わたしは腰が良くないので、寝そべっての体操は無理だ。体操教室に通って、身体を痛めたのでは元も子もない。

木曜日の朝十一時十分から三十分のやさしい体操教室もあり、空きがあるというので、さっそくクラス替えを認めてもらい、通い始めた。これなら、朝まだ寒い九時すぎに家を出なくても済むし、クラスも少しこぢんまりしていて、同じように椅子を使うが、マットは使用しない。時間も三十分で、ちょうど身体がほぐれたころ、解散になる。これなら真冬でも通えそうだ。

わが家のお正月

わが家では家族全員が元旦にわが家に集まることが慣例になっている。

暮れになると、わたしがまずやることは一番人気のあるローストビーフを四本焼き、それから筑前煮や豚肉、鶏肉、魚、ホタテなどを使った料理を作る。義理の娘たちはそれぞれ得意の黒豆、栗きんとん、混ぜご飯、ケーキなどを作って持参する。

元旦は一時に集合、おめでとうの乾杯をし、ごちそうに舌つづみを打ち、最後に三男がお餅を焼きお雑煮を作る。ほろ酔い気分になったころ、若い者は上の階の次男宅に移動、また飲みなおす。

二〇二一年はコロナで自粛。京都の「たん熊」のおせちを取り小規模の集まり。二〇二二年は夫の認知症も始まり、料理は義理の娘たちに任せた。二〇二三年は夫が亡くなって三か月。しかし、家族の大集合が大好きだった夫のために新橋の「明石」で集合。彼を偲んで、皆でにぎやかに飲み食いした。

二〇二四年、孫娘の一人は結婚してアメリカに在住、その双子の妹たちはそれぞれエジプトとイギリスに旅行で、総勢九名が飯田橋のホテルエドモンドの「平川」で新年を祝った。掘りごたつ式の和室はわたしにはあまり快適ではなかったが料理はまずまずだった。例年、三人の義理の娘たちと大学生の孫にはお年玉をプレゼント。新年会の支払いは最年長のわたし。まあ良しとする。三日はわたしの米寿なので、元旦早々に息子たちから赤いスマートウォッチをプレゼントされた。わたしの持っていたスマートフォンには適応せず、スマートフォンも赤くて新しいのに変えてくれた。使うのが楽しみだ。

三日には改めて花束や花かごが届き、正月の花、ピンクや紫のシクラメンの鉢、ミニランの鉢、盆栽と部屋は満艦飾。きっと今年も良い年だ。

あとがき

健康に恵まれ、温かい家族に囲まれ、きょうだいも元気で、友人にも優しくしてもらい、なんてわたしは幸せなんだろう。この幸せな一生を書き残したいと思った。心からの感謝を込めて。

最後に、わたしの好きな相田みつをの句を掲げたい。

「いのちいっぱいじぶんの花を　みつを」

まさこ

著者プロフィール

大川 正子（おおかわ まさこ）

1936年、東京都杉並区生まれ。

都立西高等学校卒業。津田スクールオヴビズネス卒業。

タバカレラ インターナショナル 日本支社勤務。

ゼネラル エレクトリック テクニカル サービス カンパニー日本支社、米国ゼネラル エレクトリック、日本ゼネラル エレクトリック株式会社に合計25年勤務後、1988年定年退職。

1974年、外資系秘書協会第２代会長に就任。


88歳マサおばあちゃんのたくさんの小さな幸せ

2024年６月15日　初版第１刷発行

著　者　大川 正子
発行者　瓜谷 綱延
発行所　株式会社文芸社
〒160-0022　東京都新宿区新宿１－10－１
電話　03-5369-3060（代表）
03-5369-2299（販売）

印刷所　株式会社フクイン

ISBN978-4-286-25127-1　JASRAC 出 2401279－401